Tucholsky Wagner Zola Scott Sydow Schlegel
Turgenev Fonatne Freud
Wallace
Twain Walther von der Vogelweide Fouqué Friedrich II. von Preußen
Weber Freiligrath Frey
Kant Ernst
Fechner Fichte Weiße Rose von Fallersleben Richthofen Frommel
Hölderlin
Engels Fielding Eichendorff Tacitus Dumas
Fehrs Faber Flaubert
Eliasberg Ebner Eschenbach
Maximilian I. von Habsburg Fock Zweig
Feuerbach Eliot Vergil
Ewald
Goethe Elisabeth von Österreich London
Mendelssohn Balzac Shakespeare Dostojewski Ganghofer
Lichtenberg Rathenau Doyle Gjellerup
Trackl Stevenson Hambruch
Mommsen Tolstoi Lenz Droste-Hülshoff
Thoma Hanrieder
Dach von Arnim Hägele Hauff Humboldt
Verne
Reuter Rousseau Hagen Hauptmann Gautier
Karrillon Garschin
Defoe Hebbel Baudelaire
Damaschke Descartes
Hegel Kussmaul Herder
Wolfram von Eschenbach Dickens Schopenhauer Rilke George
Darwin Melville Grimm Jerome
Bronner Bebel Proust
Campe Horváth Aristoteles Voltaire Federer
Barlach Heine Herodot
Bismarck Vigny Gengenbach
Tersteegen Grillparzer Georgy
Storm Casanova Gilm
Chamberlain Lessing Langbein Gryphius
Brentano Lafontaine
Claudius Schiller Kralik Iffland Sokrates
Strachwitz Bellamy Schilling
Katharina II. von Rußland Gerstäcker Raabe Gibbon Tschechow
Löns Hesse Hoffmann Gogol Wilde Vulpius
Luther Heym Hofmannsthal Gleim
Roth Klee Hölty Morgenstern Goedicke
Heyse Klopstock Kleist
Luxemburg Puschkin Homer Mörike
La Roche Horaz Musil
Machiavelli Kierkegaard Kraft Kraus
Navarra Aurel Musset
Nestroy Marie de France Lamprecht Kind Kirchhoff Hugo Moltke
Laotse Ipsen Liebknecht
Nietzsche Nansen
Marx Ringelnatz
von Ossietzky Lassalle Gorki Klett Leibniz
May vom Stein Lawrence Irving
Petalozzi Knigge
Platon Kafka
Sachs Pückler Michelangelo Kock
Poe Liebermann
de Sade Praetorius Mistral Zetkin Korolenko

Der Verlag tredition aus Hamburg veröffentlicht in der Reihe **TREDITION CLASSICS** Werke aus mehr als zwei Jahrtausenden. Diese waren zu einem Großteil vergriffen oder nur noch antiquarisch erhältlich.

Symbolfigur für **TREDITION CLASSICS** ist Johannes Gutenberg (1400 — 1468), der Erfinder des Buchdrucks mit Metalllettern und der Druckerpresse.

Mit der Buchreihe **TREDITION CLASSICS** verfolgt tredition das Ziel, tausende Klassiker der Weltliteratur verschiedener Sprachen wieder als gedruckte Bücher aufzulegen – und das weltweit!

Die Buchreihe dient zur Bewahrung der Literatur und Förderung der Kultur. Sie trägt so dazu bei, dass viele tausend Werke nicht in Vergessenheit geraten.

# Na prost!

## Phantastischer Königsroman

Paul Scheerbart

# Impressum


Autor: Paul Scheerbart
Umschlagkonzept: toepferschumann, Berlin

Verlag: tredition GmbH, Hamburg
ISBN: 978-3-8424-1363-4
Printed in Germany

## Paul Scheerbart

# Na prost!

### Phantastischer Königsroman

*O Polizeistaat, Deinem Genie*
*Verdankt die Welt die Graphologie*
*Und die köstliche Physiognomik.*
Lichtenberg

Meinem verhaßten *Richard Dehmel*

*«Die Erde ist längst entzwei!»*

Diesen großen Satz ruft wehmütig der kühne Brüllmeyer in die achtkantige Flasche hinein.

Mit einem unvergleichlichen Aufschrei, in dem Wut und Freude und Schreck und Beklemmung miteinander tanzen, springen Passko und Kusander in die Höhe.

«Ist sie wirklich entzwei?»

«Wir haben ja Nichts gehört!»

«Das ist eine Gemeinheit!»

«Das ist ja großartig!»

So und so ähnlich schreien sich die Drei an; die Wände der achtkantigen Flasche dröhnen.

Und dann wird getrunken! Meerblauer Narrenwein wird getrunken!

«Na prost!»

«Es lebe die Erde, die längst entzwei ist!»

*    *

*

«Kinder!» bemerkt bedächtig der alte Kusander, «ich weiß gar nicht, wo mir mein Kopf steht. Ich weiß nur, daß ich mich an Verschiedenes nicht mehr erinnere; wir waren zuletzt sehr stark bezecht.»

«Natürlich!» erwidert lebhaft der Passko. «Jetzt nimm dich aber ein bißchen zusammen. Du weißt doch, daß wir auf Sumatra aufgestiegen sind.»

«Mir ist ganz dösig!» sagt darauf der alte Kusander. «Wie sind wir denn bloß nach Sumatra gekommen?»

«Nanu?» donnert nun der kühne Brüllmeyer los, «du hast doch nicht deinen Verstand verloren? Mensch, was machst du für Sachen? Weißt du, daß wir vor acht Tagen noch im alten Deutschland herumkrabbelten?»

«Jawohl», flüstert Kusander, «wir waren im alten Berlin und sahen uns dort die Ergebnisse der letzten Ausgrabungen an. Die Gegend war sehr lehmig, und die ausgegrabenen Häuser waren noch lehmiger.»

«Siehst du!» stößt nun freudestrahlend der kühne Brüllmeyer heraus, «wir haben uns dann plötzlich Hals über Kopf von Berlin durch die Alpen nach Venedig begeben, setzten uns in unser Motorboot und fuhren durchs rote Meer schnurstracks nach Sumatra. Wir schossen nur so durchs Wasser! Das war eine wilde Fahrt! Und was machten wir nun in Sumatra?»

«Nu hör schon auf!» gibt jetzt schmunzelnd der Kusander zurück. «Jetzt weiß ich schon Alles! Wir tranken furchtbar, kletterten in die achtkantige Flasche und ließen uns von den sieben großen Riesenballons in die Wolken heben.»

«Stimmt!» fällt da der Passko ein, «wir sind nicht weniger als dreizehntausend Meter gestiegen. Und oben sind wir von der Schleudermaschine regelrecht abgeschleudert worden – ganz kurz vor dem Augenblick, in dem der Zusammenstoß stattfand. Die Schleudermaschine hat leider ihre Schuldigkeit so heftig getan, daß wir beim Abreißen der Drähte sofort Hören und Sehen verloren.

Und so ist es gekommen, daß wir vom Zusammenprall des eisernen Kometen mit unsrer alten Erde Nichts gehört und Nichts gesehen haben.»

«Daher ist mir auch», spricht nun tief aufatmend der alte Kusander, «so dösig zu Mute! Die Polsterwände sind also doch noch nicht weich genug gewesen! Das hab ich ja gleich gesagt! Na prost!»

«Na prost!» brüllen alle Drei.

Und sie trinken ihren meerblauen Narrenwein, und sie schütteln dabei immer wieder ihren gelehrten Kopf, denn sie könnens noch immer gar nicht begreifen, daß sie gerettet sind und noch leben.

Aber – freuen tun sie sich – Donner-Wetter! Kein Dieb kann sich so freuen – wie die drei Gelehrten in der achtkantigen Flasche sich freuen!

«Na prost! Na prost!»

Mehr hört man schließlich nicht mehr.

*　　*

*

Nachdem sie sich ihre meterlangen Zigarren angezündet haben, freuen sie sich über die Unmenge Proviant. Der ist ja für sechs Männer berechnet gewesen. Sie haben also grade noch einmal so viel, als sie brauchen!

Das ist gar nicht so übel!

Ural-Kaviar in präparierten Kalbslederschläuchen – ausgenommene Schaltiere – eingepökelte Gebirgsschnecken – gedörrte Lachsforellen – Räucherfische – Hühner in Eiweiß – Semmel aus Celebes – Austern in Steinröhren – Känguruh-Schinken – hundert Schnapssorten – Narrenwein – meterlange Zigarren – und viele andre schöne Sachen – in Kruken, Blechbüchsen und Flaschen – – – Alles ist in Hülle und Fülle da!

«Nicht übel!» rufen sie lachend und qualmen dazu abenteuerliche Rauchwolken gegen die seidenen Polsterwände. Die einzelnen Räume sind im Innern der Flasche ganz und gar von oben bis unten gepolstert – köstliche bunte seidene Webereien mit unglaublichen Fabeltieren und Märchenblumen!

Auch die Küche, die Provianträume und die Badestuben sind von oben bis unten gepolstert.

Die Räume haben alle möglichen Formen, doch die Röhrenform herrscht vor.

Elektrisches Licht leuchtet weiß und bunt – wie mans grade haben will.

Die Drei sind sehr lang und schlank – zwei und einhalb Meter groß – ihre Kleider umschließen den Leib fest und bequem – die langen Beine sehen beinah wie Schlangen aus.

Alle Kleider – auch die Mützen – bestehen aus schwarzer Seide mit üppiger Goldstickerei.

Die schief geschlitzten Augen der drei Gelehrten leuchten wie schwarze Diamanten.

In den Polstern ticken prächtige bunte Email-Uhren. Und das kommt den Gelehrten sehr komisch vor – denn was brauchen die jetzt noch zu wissen, was die Uhr ist.

*     *<br>*

«Es ist tatsächlich», ruft der kluge Passko, «gradezu berauschend, daß wir hier ganz gemütlich im Weltall herumfliegen. Es ist also wirklich gekommen, wie wir dachten. Durch den Zusammenstoß der beiden Weltkörper hat sich sofort eine so fürchterliche Gasmasse entwickelt, daß wir von dieser Gasmasse einfach fortgeschleudert wurden. Die Schleudermaschine war also eigentlich überflüssig. Aber man konnte ja nicht annehmen, daß die Ballons volle dreizehntausend Meter steigen würden. Es ist zum Verrücktwerden schön, daß wir gerettet sind! Jetzt sind wir nicht mehr Erdbewohner – wir sind die Geister der achtkantigen Flasche! Na prost, Brüder!»

Hell klingen die hohen spitzen Gläser zusammen. Bald liegt man sich gerührt in den Armen.

«Wir sind von der Erde endlich losgekommen!» brüllt Brüllmeyer in der höchsten Raserei.

«Kinder», bemerkt der alte Kusander ernst, «wir wollen aber trotzdem nicht vergessen, daß wir Germanisten sind und darum unser altes Leib- und Magenlied singen. Hier in der achtkantigen Flasche muß es ganz merkwürdig klingen.»

Und sie singen:

> Deutschland, du Wunder aller Zeiten,
> Du bist der Traum – die Seligkeit!
> Deutschland, du bist die Perlenblüte
> Auf unsrer Erde grünem Kleid!
> Wir wollen nur für dich erglühen,
> Denn du bist dumm und doch gescheit!
> Deutschland, du bist das Land der Tollheit!
> Du bist der Traum – die Seligkeit!

Und sie weinen.

*    *

*

Brüllmeyer steht draußen am großen Fenster und starrt in die große Weltenglut.

Die beiden Andern schlafen bereits. Sie wissen nicht, wo sie mit ihrem Kopf hin sollen und legen sich zuletzt in die Hängematten, da die Anziehungskraft andrer Weltkörper immer wieder auf einer anderen Seite spürbar ist.

Die an den acht Seiten der achtkantigen Flasche liegenden Räume sind ganz aus Glas – kostbare Emailwände und dicke teils farbige teils nichtfarbige Fenster mit großen Aussichtsscheiben!

An der größten Aussichtsscheibe steht nun Brüllmeyer und starrt in die Glut. Das Thermometer zeigt draußen 40° Wärme, trotzdem in dem großen Netzwerk, in das die Achtkantige eingesponnen ist, um den Zusammenstoß mit anderen Weltkörpern gefahrlos zu machen, nicht weniger als fünfzig Kühlapparate stecken.

Alles ist draußen ganz feuerrot – eine Welt verbrennt! Brüllmeyer läßt wehmütig den Kopf sinken, als er all der vielen Millionen Menschen gedenkt, die mit einem Schlage getötet wurden.

«Die Erde ist», murmelt er, «ohne Frage in Stücke geschlagen. Der eiserne Komet hat wie ein großes Beil gewirkt. Die Erde wird sich allmählich in ein paar Hundert glühender Meteore verwandeln. Und der eiserne Komet? Ach ja! Man wollte anfänglich gar nicht daran glauben, daß es auch eiserne Kometen geben könnte.»

Es ist warm am Fenster.

Eine Welt brennt.

*      *<br>*

Und als sich nun die Drei nach längerer Zeit endlich genug gefreut haben, gehen sie so nach und nach daran, ihre Koffer auszupacken.

Da kommen denn viele viele Bücher und viele viele Handschriften heraus – Alles ist in jener großen deutschen Sprache gedruckt und geschrieben, die einst vor mehr als zehntausend Jahren ganz Europa beherrschte.

Es ist eine große Königin – die deutsche Sprache! Die Drei wissen's, denn sie sind die bedeutendsten Germanisten ihrer Zeit.

Auch viele Landkarten vom ehemaligen Deutschen Reiche haben die Geister der achtkantigen Flasche mitgenommen – auch deutsche Münzen und deutsche Töpfe – und viele drollige Altertümer – eine Kaffeemühle, eine Öllampe, ein altes Fernrohr, ein Paar gut erhaltene Pelzhandschuhe – und ähnliche Sachen. Der Trödelkram wird natürlich mit lächerlicher Ehrfurcht behandelt und in feinsten Ebenholzkisten aufbewahrt.

Brüllmeyer aber hat ganz was Neues in Berlin gefunden – neunzehn Stückchen deutscher Literatur aus der Blütezeit der deutschen Dichtkunst – alte vergilbte Blättchen, die mit verschnörkelten, nicht leicht lesbaren Lettern bedruckt sind!

Den Schatz will Brüllmeyer seinen beiden Freunden ganz allmählich verzapfen – in jedem Monat bloß ein Stückchen.

Passko und Kusander machen große Augen und sind sehr neugierig.

«Du lieber Himmel!» sagt der alte Kusander, «schon zehntausend Jahre sind die Papierchen alt. Wie rasch doch die Zeit vergeht!»

*     *

*

Das Thermometer fällt auf 20° Wärme, und der Himmel ist anders.

Die rote Glut ist ganz weg, dafür ist der Himmel mit goldenen, grünen, blauen und roten Streifen, die alle parallel zueinander laufen, durchzogen.

Sterne sieht man nicht.

Aber der herrlich gestreifte Himmel ist prächtiger als alle Sterne.

Die Erde hat sich in leuchtende Sternschnuppen verwandelt – lauter Meteore, die ohn' Unterlaß einen Glanzstreifen hinter sich lassen!

Die achtkantige Flasche ist wohl das einzige Meteor, das keinen Glanzschwanz besitzt.

Die Drei sind furchtbar begeistert.

Und Brüllmeyer holt vor lauter Begeisterung das erste Stück seines Schatzes hervor.

Mit starker, aber kalter Stimme liest er:

# Eine kleine Burg.

## Kopf-Vignette.

*Eine kleine Burg lacht hoch oben auf dem Berge. Sinnend steh ich unten und – will was.*

*«Glaubst du an mich?»*

*Also hör' ich's fragen vor mir in einer Höhle.*

*«Nein!» sag' ich.*

*«Denn», so fahr' ich in Gedanken fort, «Ich will nicht an das glauben, was in Höhlen wohnt.»*

*Und leise säuselt der Wind durch's Gebüsch, fächelt behutsam wie eine Sklavin Nebukadnezars meine heiße Backe, schwirrt an der Höhle vorüber, und ich höre wieder aus der Höhle hervortönen:*

*«Du bist doch aber noch nicht auf dem Berge, warum verachtest du mich denn?»*

*«Du Schaf!» versetz' ich, «weil du niemals auf einen Berg hinauf willst.»*

*Zischen antwortet. Ich blick' hinauf zur kleinen Burg und – und – will was… doch allmählich wird's mir klar – ich will in der Burg oben wohnen – – – wohnen.*

*«Mußt erst raufkommen!» tönt's höhnisch aus der Höhle hervor.*

*– – und da fällt mir ein, daß ich überhaupt noch nicht wohne – nirgendwo.*

●

Über diese Dichtung denken die Geister der achtkantigen Flasche ungemein eifrig nach; sie nehmen ihre gesamte Gehirnkraft zusammen.

Es ist keine Kleinigkeit, eine zehntausend Jahre alte Dichtung einigermaßen vernünftig zu erklären.

Aber die Drei sind in jeder Beziehung «erstklassige» Gelehrte – bekannt auf dem ganzen Erdenland, das jetzt allerdings längst entzwei ist. . . . . . . . . . . . . . . . . . . . . . . . . . .

Und Brüllmeyer ergreift das Wort:

«In dieser kleinen Burg», sagt er, «Scheint mir die Wurzel allen Dichterelends zu stecken. Die Dichter waren eben zu allen Zeiten zur Heimatlosigkeit verdammt. An das einfache Volk, das unten in Höhlen wohnt, glauben sie nicht; die Stimme aus der Höhle ist allen Dichtern Nichts als Schafsgeblök. Doch an die kleine Burg hoch oben auf dem Berge können die armen Dichter wieder nicht ran; da will man sie nicht. Und so bleiben sie ewig obdachlos unter freiem Himmel, wo's natürlich nicht bequem ist. Die Dichter sollen wohl immer dem freien Himmel möglichst nahe bleiben. Als Leitspruch hätte davor stehen können: Wen der Herr lieb hat, den züchtigt er.»

Passko sagt dazu nach einer Weile.

«Mir scheint hier bloß die peinliche Stimmung jener stets starrsinnigen Menschen dargestellt, die plötzlich genötigt werden, Partei zu ergreifen, und dann zunächst mal zwischen Aristokratie und Demokratie – zwischen Ritter und Spießbürger – wählen müssen. Sie wollen natürlich ‹eigentlich› von der ganzen Sippschaft Nichts wissen, ob sie nun in Höhlen oder in Burgen wohnt. Und da bemerken sie denn, daß sie überhaupt noch keine Heimstätte haben. Eine peinliche Entdeckung! Der Fluch der Sucht nach Freiheit scheint mir hier in ein treffliches Sinnbild gebracht zu sein.»

Der alte Kusander spricht kurz folgendermaßen:

«Es kommt mir hier die wichtigste Wehmutsstimmung eines sogenannten Zigeuners zum Ausdruck. Es wird uns, wie Passko schon ganz richtig bemerkte, die Schattenseite der Freiheit gezeigt. Die Geschichte dürfte auch ‹die Vogelfreiheit› genannt werden. Übrigens bin ich nicht der Meinung, daß die Burg das Rittertum darstellen soll; das gabs zu Kants und Schopenhauers Zeiten bloß noch dem Namen nach. Wahrscheinlich hat der Verfasser mit der kleinen Burg nur ein kleines Haus gemeint, in dem er ‹ungestört› allein leben kann.»

Brüllmeyer meint dann freudig:

«Unsre Meinungen klingen gut zusammen. Im wesentlichen widersprechen wir uns nicht. In der Sklavin Nebukadnezars sehe ich übrigens ‹die Üppigkeit der weiten Ferne› angedeutet.»

Der kluge Passko flüstert nun träumerisch:

«Die Üppigkeit der weiten Ferne! Hm! Man kann in dieser Dichtung auch die Tragödie des ewig heimatlosen Menschentums erblicken. Wer fühlte sich denn auf der Erde jemals daheim?»

Kusander antwortet fest:

«Keiner! Nur in der ganzen Welt am Herzen Gottes sind wir zu Hause. Wir wären also in der achtkantigen Flasche auf dem besten Wege, mal nach Hause zu kommen.»

Die Drei sitzen grübelnd da, und Brüllmeyer macht nach langer Pause die Schlußbemerkung:

«Jedenfalls ist die Geschichte gut, wenn ich auch glaube, daß das Herz Gottes überall ist. Laßt uns nun nicht weiter nachdenken – laßt uns auf das Wohl des unbekannten Dichters zehn große Gläser Narrenwein trinken!»

Die Gelehrten tun's!

*  *<br>*

Der Himmel ist prächtig und mit keinem Dinge, das einst auf Erden zu sehen war, zu vergleichen.

Die goldenen Streifen glitzern.

Die purpurnen Streifen glühen.

Die blauen Streifen leuchten.

Die grünen Streifen blenden.

Und die anders gefärbten Streifen sehen zuweilen gleißend bunt aus wie klebrige Schlangen – und oft brennen sie wie Diamanten.

Alle Streifen laufen parallel zueinander – alle werden von Zeit zu Zeit dicker und danach wieder dünner.

Das bißchen Himmel zwischen den Streifen ist schwarz und kommt auch nur als Streifen zur Geltung.

Der gestreifte Himmel macht den drei Zechern in der achtkantigen Flasche riesigen Spaß.

*    *

*

Und einige Zeit darauf, als mal wieder die Emailuhren aufgezogen werden (die drei Geister sind grade durch allzu reichlichen
Krebsscherengenuß in eine unbehagliche Stimmung geraten) holt
Brüllmeyer ein zweites, zehntausend Jahre altes Blättchen hervor –
und zwar:

# Geistertanz.

## Bewegungsstudie.

*Von Norden kommen sie – durch die Luft. Schrill pfeift der Wind.*

*Die dünnen Gewänder flattern.*

*Übers Meer kommen sie – am Strande schweben sie hinab.*

*Am Strande wird getanzt. –*

*Sie rennen durch den Sand wie die Tollen – die Dünen hinauf und hinunter. Die Muscheln zerbrechen unter ihren Füßen. Wild springen sie hoch in die Luft, klatschen in die Hände, schleudern die dünnen Gewänder rechts und links, als wären's Peitschen...*

*Dann umarmen sie sich – dann drücken sie sich, als wollten sie sich zerpressen – – – sie lassen sich danach wieder los und drehen sich um sich selbst – – – blitzschnell wie Kreisel – die Gewänder flattern.*

*Dann bilden sie einen Kreis.*

*Zwei Dutzend Geister sind's.*

*Sie stehen ganz still im Kreise.*

*Langsam reichen sie sich die Hände, drücken sie ganz fest ineinander und lassen dann ihren Körper zurückfallen.*

*Sie kreischen dabei auf und werfen den Kopf ins Genick.*

*Wie ein Trichter sieht der Geisterkreis aus.*

*Jetzt braust der Wind – die Wogen donnern – das Meer schäumt über die Ufer – die Wogen bespritzen den Geisterring... Der springt empor und tanzt nun – die Beine fliegen, die Haare fliegen – – in die Wellen springen die Geister hinein. Wie ein Wirbelwind dreht sich – pfeifend – der Ring der Geister. Das Wasser sprüht nach allen Seiten.*

*Die Geister tanzen – tanzen – und wie ein Wirbelwind steigen sie empor in die Luft...*

*Und pfeilschnell drehen sich die Geister wieder nach Norden – hoch überm Meere schweben sie.*

*Die Winde brausen – die Gewänder flattern.*

«Daß die Gewänder flattern, wenn der Wind weht», donnert nun Brüllmeyer los, «daran zweifelt zweifelsohne kein Kuhhirt. Was mit diesem Geistertanz aber gesagt werden sollte, das weiß jeder betrunkne Lämmergeier ebensowenig wie ich. Ich versteh's nicht!»

Passko aber spricht schmunzelnd:

«Schreihals, alter! Hier ist auch Garnichts zu verstehen, ereifre dich nicht! Das Ganze ist eine Bewegungsstudie und will Nichts weiter sein. Müssen denn die armen Dichter ebenfalls immerfort was sagen? Die Gelehrten sagen doch schon genug!»

Man trinkt ein bißchen heißen Magentee, wobei Brüllmeyer nicht umhin kann, seinem Ärger mit den folgenden Worten Luft zu machen:

«Lieber Passko, wenn ich nicht klüger wäre wie du – so würde ich ebenfalls diesem Untertitel ‹Bewegungsstudie› trauen. Ich *bin* aber klüger! Die allerfeinsten Satiren sehen äußerlich ganz harmlos aus. Der Trichter, den die Geister bilden, scheint mir sehr wichtig zu sein. Wollte der Dichter mit dem Trichter eine Anspielung auf den bekannten Nürnberger Trichter ausspielen?»

Alle müssen lachen, Kusander aber erklärt den bewegten Geistertanz auf diese Art:

«Kinder!» sagt er, «ihr seid doch immer noch nicht scharfsinnig genug. Die flatternden Gewänder können doch nur – flatternde Fahnen sein. Eine Flottenschar fuhr mit flatternden Fahnen vom hohen Norden in den tiefen Süden. Die ganze Geschichte ist die lustigste Verhöhnung eines Paradegeschwaders, das im Süden die Töchter des feindlichen Landes zu einem lustigen Ball einladet, furchtbar wild mit ihnen tanzt und danach mit gehobener Brust kühn wieder nach Hause gondelt. *Die* Geister sind durchschaut.»

«Schon möglich!» versetzt Brüllmeyer, obgleich es ihm schwer fällt, den Nürnberger Trichter fallenzulassen.

«Was bedeuten aber», fragt nun der kluge Passko,» die vielen Gedankenstriche? Die machen mich allerdings stutzig!»

«Die bedeuten sicherlich was Ausgelassenes!» erwidert der Brüllmeyer.

Und Kusander fügt feierlich hinzu: «Na natürlich! Die Gedankenstriche sind die Kindheitsschmarren der Furchtsamkeit!»

«Na prost!» klingt's ihm da entgegen.

Und bald klingt das «Na prost!» wieder so oft und hell durcheinander wie das Gekrächz großer Krähenvölker im Abendrot.

*    *<br>*

Der verehrte Leser, dem diese Zeilen zufällig irgendwo im Raum zuflattern, darf sich nicht wundern, daß die Geister der achtkantigen Flasche ohne Unterlaß die vollkommen vergessene deutsche Sprache vollkommen beherrschen und nur deutsch reden. Das ist nur eine Folge der großen Begeisterung für alles Deutsche, die man verstehen wird, wenn man nicht vergißt, daß alle Drei echte Germanisten sind und zu einer Zeit geboren wurden, in welcher der Sinn für die Vergangenheit ungemein kräftig entwickelt war. Es ist ja zudem nur natürlich, daß man sich für das deutsche Volk begeisterte, das ja schon so viele tausend Jahre der Vergangenheit angehörte. Ein ehrwürdiges Alter wird im ganzen Raume zu allen Zeiten selbst den lächerlichsten Ländern, Völkern und Geschichten den Glanz der Heiligkeit und Vollkommenheit verleihen.

Doch dies nur nebenbei!

*    *<br>*

Der kluge Passko bedauert eines Tages, daß er so wenig von den alten Griechen, Assyrern und Kretern weiß – was den Brüllmeyer veranlaßt, eine Kratergeschichte seinem Schatze zu entnehmen:

# Die hastigen Zyklopen.

## Kratergeschichte.

*Donnerwetter!! – dieser Lärm!*

*Die Kohlenklötze fliegen von Hand zu Hand – die Zyklopen im Ätna wollen wieder heizen – sie wollen heizen, damit's ringsherum auf der ganzen Erde – – Erdbeben gebe, damit überall das Veraltete und Schlechte platze – zusammenstürze – zu Schutt und Müll werde. Mit ihren braunen mächtigen Armen heben die Zyklopen die schweren Kohlenklötze hochaufatmend empor, schmeißen sie dem Nachbarn wild lachend zu, recken sich, daß die Riesenglieder knacken und knarren und bücken sich dann mit dem nackten Oberkörper wieder zu den Kohlen hinunter – dort brechen die Starken mit ihren Eisenfingern neue Kohlenklötze heraus.*

*Und abermals schmeißen die Riesen hochaufatmend dem Nächsten den Kohlenklotz zu, der schmeißt ihn wiederum weiter – die Kohlenklötze fliegen von Hand zu Hand – die Zyklopen im Ätna wollen wieder heizen. Es soll und muß jetzt wieder mal was zusammenbrechen auf dem alten Erdenrund. Zu viel Schlechtes gibt's da draußen. Die Zyklopen ärgern sich zu sehr darüber.*

*Dröhnend krachen die Klötze neben dem großen Feuerloch auf einem großen Kohlenhaufen durcheinander.*

*Wie der Kohlenhaufen ganz groß geworden ist, brüllt ein junger Riese wie ein Stier los: «Schaufeln! He! Hollah! Schaufeln holen!»*

*Schwerfällig tappen die Riesen nach hinten in die schwarzen Höhlen hinein. Das Stirnauge der Zyklopen rollt.*

*Im Kraterschlunde brennt trockenes Holz. Feine züngelnde Flammen flackern knisternd hinter dem Feuerloch empor.*

*Die Zyklopen kommen mit ungeheuren Schaufeln zurück, stellen sich rings um den großen Kohlenhaufen auf und fassen die mächtigen Spatenstiele fest mit beiden Fäusten.*

*Die ältesten Riesen mit weißen Bärten stehen vor dem Feuerloch und starren mit ihrem großen Stirnauge wild in die züngelnden Flammen hinein.*

*An den schwarzen Wänden spiegelt sich das Feuer. Die weißen Bärte der Alten sehen rot aus. Die knorrigen Arme der Zyklopen glänzen im heißen Feuerschein. Es glänzt ihre Brust. Es glänzen ihre großen Ohren. Es glänzt ihr ganzes Gesicht.*

*Plötzlich brüllen die Alten:*

*«He! Hollah! Los!»*

*Und gleich kracht's los, daß die ganze Erde zittert und bebt – – – es war ein langer, gewaltiger, krachender Knall.*

*Alle Schaufeln sind zugleich hineingestoßen in den großen Kohlenhaufen. Jetzt drehen die Riesen den Spatenstiel.*

*Donnerwetter!! – dieser Lärm!*

*Dann werden alle Schaufeln mit mächtigen Kohlenlasten emporgehoben.*

*Ein Knacken und Bersten, ein Rollen und Rasseln, ein wildes erderdröhnendes Zittern geht durch die Hallen – und die Riesen mit der Spatenlast dastehend zittern auch, die Spatenstiele biegen sich, und Kohlenklötze fallen hinab.*

*Die Riesen stehen und wollen jetzt die Kohlen von ihren Spaten fortschleudern – hinein in das große Feuerloch. Die Herkulesse stehen und brüllen:*

*«He! Hollah! Aufgepaßt!»*

*Die Alten treten zur Seite.*

*– – –*

*Doch zugleich schreitet herein in die schwarzen Hallen mit ruhigem, langsamem Schritt – der Meister.*

*Er blickt kalt umher.*

*Alle schaun ihn erschrocken an.*

*Der Meister ruft bedächtig – höhnisch:*

*«Ho! – Ho! Was soll das sein?»*

*Einzelne Kohlen fallen wieder von den Spaten herunter. Die Riesen zittern, sie können die Kohlenlast nicht mehr halten.*

*Der Meister spricht:*

*«Die Erde ist noch warm genug. Leben und Bewegung ist noch da. Ihr wollt nur immer Alles kurz und klein schlagen. Ein Glück, daß ihr nicht draußen lebt. Immer ruhig! Immer ruhig! Zum Heizen kommen wir noch.*

*Was schlecht und überflüssig auf der Erde ist, das können wir immer noch vernichten – in einem Augenblick – ihr wißt es! Jetzt aber... ho! ho! Fort mit den Spaten!»*

*Ro – bo – fliegen ihre Schaufeln mit den Kohlen auf dem Kohlenhaufen durcheinander.*

*Die Riesen recken die Glieder, daß es knackt und knarrt; sie gähnen.*

*Der Meister aber sagt, indem er sich umwendet, laut und ruhig: «Es hat noch Zeit!»*

*Die Riesen murmeln ihm das nach, murmeln: «Es hat noch Zeit!»*

*In den schwarzen Kraterhallen des Ätna gehen die Zyklopen, die versammelt waren, wieder auseinander. Wieder hört man dumpf – murrend – murmelnd: «Es hat noch Zeit!»*

*Sie haben schon oft wiederholt – das große Meisterwort: «Es hat noch Zeit!»*

*Draußen unter dem italienischen blauen Himmel dampft der Ätna ganz hellgraue Wolken aus seinem Krater heraus.*

*Die grauen wirbelnden Wolken werden von der warmen Nachmittagssonne lieblich beschienen.*

●

Wie sie nun an die Erklärung rangehn, sagt Passko mit verächtlich zuckenden Nasenflügeln:

«Nichts weiter als ganz einfache Revolutionspoesie. Die Zaghaftigkeit der Führer wird verhöhnt. Die Geschichte scheint mir bloß beweisen zu wollen, daß es auch im alten Deutschland recht alltägliche Zustände gegeben hat.»

Da unterbricht aber den Klugen der weitsichtige Brüllmeyer mit größter Heftigkeit.

«Was?» ruft er aus, «so einfache, schon für Kinder durchsichtige Scherze sollen sich die alten Deutschen erlaubt haben? Nein, Freundchen, dahinter steckt mehr. Eine ‹ästhetische› Revolutionspoesie haben wir vor uns. Die Spitze des Poems richtet sich gegen die Vernichtung der älteren Literatur. Den jugendlichen Heißspornen, die in jeder verfeinerten Kulturphase so gefährlich sind, wollte der Dichter dieser Kratergeschichte ein kräftiges ‹Halt!› gebieten. *Das* steckt dahinter.»

«Du irrst!» läßt sich nun kühl der alte Kusander vernehmen, «ich schaue hier am klarsten von euch. Die Kratergeschichte ist eine Satire auf die dummen Moralisten, die noch immer was für schlecht halten und es nicht verstehen, den Zusammenhang aller Dinge zu begreifen.»

Die Drei können diesmal nicht einig werden. Jeder bleibt bei seiner Meinung.

*     *

*

Das Leben in der Flasche wird jetzt sehr reich an Abwechslung. Der Himmel verändert sich in jedem Augenblick. Die Streifen bleiben allerdings, aber ihre Breite und Farbe wechselt fortwährend. Das Brennende, Funkelnde, Glitzernde und Blendende im Innern der Streifen ist ebenfalls in dauernder Bewegung und zeitigt immer wieder neue Feuer- und Funkenspiele; bald geht das diamantartige Brennen in zitterndes Glitzern über, bald wird ein Glanzstreifen plötzlich stumpf und dann gleich wieder blendend, daß es ins Auge sticht; bald scheint es in den Streifen furchtbar zu blitzen, und zuweilen wirken einzelne Streifen als nicht zusammenhängende Masse, daß man lauter kleine Feuerkügelchen zu sehen vermeint. Sehr wirksam sind die verschiedenen grünen Streifen, die oft von feinsten, anders gefärbten Haarfäden durchzogen sind. Kommt mal ein breiterer schwarzer Streifen heraus, so macht der stets einen unheimlichen Eindruck – doch gelingt es nie, in diesen schwarzen Streifen, die ja unbedeckter Welthimmel sind, einen Stern zu entdecken. Das Brandlicht der Meteore ist wohl zu stark. Nicht einmal von der Sonne ist was zu sehen.

In der Flasche kann man nun nicht so leben wie einst auf der Erde, denn man muß in der Flasche immer wissen, wo man den Kopf läßt, da die Stärke der Anziehungskraft in den der Flasche am nächsten fliegenden Meteoren noch keine ‹feste› Größe geworden ist. Bald zieht's mehr nach rechts und bald mehr nach links, bald mehr nach oben und bald mehr nach unten; so daß die Begriffe «Fußboden», «Decke», und «Fenster» vollständig aufgelöst werden.

Die drei Gelehrten sitzen zuweilen auf den dicken Aussichtsscheiben und erblicken den bunt gleitenden Streifenhimmel, wenn sie den Kopf trübe hängen lassen – und dann dauerts nicht lange, so sehen sie den Himmel über ihren Köpfen oder an der Seite, während sie sichs auf den Emailwänden bequem machen. Zum Schlafen begeben sie sich zumeist in die gepolsterten Räume, in denen die Hängematten bequem anzubringen sind.

In den Badezimmern sind die seidenen Polster üppig mit schwarzen, gelben, roten und weißen Perlen bestickt – das Badewasser wird durch ein besonderes Verfahren leicht gereinigt, so daß es nie erneuert zu werden braucht. Eine doppelte Metallhülle verhindert in den nach allen Seiten drehbaren Wannen das Überfließen des Wassers. Die sehr geschickte Einrichtung der Badezimmer, in denen auf die wechselnde Stärke der von allen Seiten wirkenden Anziehungskraft in jeder Beziehung Rücksicht genommen ist, reißt die drei Gelehrten immer wieder zur Bewunderung der irdischen Techniker hin.

Aber trotz der Bewunderung dieser Techniker müssen sich die Drei doch sagen, daß ihre Rettung viel mehr dem Zufalle als der menschlichen Berechnung zu danken ist. Hierüber klärt sie ein kleines Buch auf, das in den letzten Tagen des Erdendaseins gedruckt wurde und zwischen den Hummerbüchsen stak.

Auf den letzten Seiten dieses Buches, das ‹Die letzte Rettung› betitelt ist, steht in verschiedenen Sprachen und auch in der beliebten alten Sprache Deutschlands zu lesen:

«Wenn wir die sämtlichen Versuche, von der Erde abgeschleudert zu werden, zusammenzählen, so haben wir in den letzten beiden Jahren nicht weniger als 1743 derartiger Experimente zu verzeichnen. Und unter diesen sind, wie die Leser meines Buches bemerkt haben werden, so viele Ideen verwirklicht worden, daß wir wohl berechtigt sind zu behaupten, daß Nichts unversucht gelassen ist; auch die abenteuerlichsten und kostspieligsten Pläne sind zur Ausführung gelangt. Die größte Mehrzahl der Experimente ist selbstverständlich mißglückt – aber das Resultat von vollen 300 Experimenten ist bis heute noch nicht aufgeklärt worden. Wohl kann man annehmen, daß die meisten nicht wieder gesehenen Maschinen ins Meer abgestürzt sind. Indessen – die große Zahl der nicht aufgeklärt gebliebenen Fälle läßt uns doch wieder Hoffnung schöpfen. Und so erklärt es sich, daß die letzte verzweifelte Idee, am Tage des Zusammenstoßes aufzusteigen, so großen Anklang gefunden hat. Es werden an dem Tage, an dem unsre Erde mit dem eisernen Kometen zusammenstoßen muß, nicht weniger als 5443 Aufstiege stattfinden. Die größte Mehrzahl der Luftfahrer begibt sich ohne Abschleuderungsmaschinen in die höheren Luftregionen. Die in ihren Resultaten nicht aufgeklärten Experimente werden sämtlich wiederholt werden. Wir raten allen denen, die ihr Leben lieb haben, ‹die letzte Rettung› nicht unversucht zu lassen. Es ist ganz sicher, daß die Entwicklung der Gasmassen eine ungeheure Schleuderkraft besitzen muß. Die ‹Weltgondeln› müssen aber unter allen Umständen nicht bloß gegen Zusammenstöße gesichert sein, sie müssen auch mit der nötigen Bequemlichkeit eingerichtet und in allererster Linie mit einer überreichlichen Fülle von Nahrungs- und Genußmitteln ausgestattet sein. Ob eine Zeichensprache zwischen den verschiedenen ‹Weltgondeln› von Wert sein wird, können wir natürlich nicht wissen. Wir legen auf die Zeichensprache und auf den ganzen Verkehr der ‹Weltgondeln› untereinander gar kein Gewicht, denn an eine Steuerung der Gefährte mitten im Äther oder in Gasmassen, deren Zusammensetzung wir vorläufig noch gar nicht ahnen können, dürfte nicht zu denken sein. Wir glauben, daß wir in der freien Welt sehr viel Neues erleben werden. Daß die Geschichte nicht gefahrlos ist, darf uns nicht in Erstaunen setzen – aber wann hätten wir jemals was Großes erlebt, wenn wir uns *nicht* in Gefahren begeben wollten? Das soll uns aber nicht abhalten, uns gegenseitig von ganzem Herzen ‹glückliche Fahrt› zu wünschen.»

«Na prost!» rufen da die drei Gelehrten, sie schütteln sich die Hände und sind schrecklich vergnügt. Passko und Kusander bitten im weiteren Verlaufe des Gespräches den Brüllmeyer, wieder was von seinem deutschen Schatze zum Besten zu geben.

Brüllmeyer tuts – er liest vor:

# Der Gierige.

*Weit fort – woanders – in einem hellgrünen Himmel, der nicht von Sonnen durchstrahlt wird – in einem hellgrünen Himmel, dessen Äther von selbst leuchtet – mit magischem Licht – – dort in diesem hellgrünen Licht hauste der gierige Drache* Heisomkrállu.

*Er hatte tausend Arme und tausend Beine.*

*An den langen langen Armen, die sich wie Riesenschlangen durch die Lüfte wanden, konnte man Krallen sehen, die mit ihren unzähligen Gliedern ganze Welten umklammern und zerdrücken konnten. Und die tausend Füße sahen fast ebenso aus; nur waren die Fußkrallen noch viel größer als die Handkrallen.*

*Sieben riesige greuliche Drachenköpfe mit gierig blitzenden Augen ragten in der Mitte aus dem ungeheuren sehnigen Drachenrumpfe hervor. Der Rumpf saß inmitten der langen Schlangenarme und der langen Schlangenbeine – wie eine Riesenspinne in ihrem Riesennetz.*

Heisomkrállu *sauste durch die grüne Luft und packte Alles, was ihm nahekam. Mit seinen riesigen Krallen, die sich fortwährend gierig nach allen Seiten ausreckten, faßte der Drache Alles, was ihm in den Weg lief – Sterne, Welten, Ungeheuer – Alles – Alles. Unersättlich war Heisomkrállu . Und was er mit seinen Krallen faßte, zerging in seinen Krallen, als wenn er mit den Krallen fräße.*

*Die Krallen wurden immer größer.*

*Unaufhörlich zitterte das gierige Ungeheuer. Nichts entging dem entsetzlichen, schwarz und gelb gefleckten Krallentier. Die schauerlich großen Muskeln und Sehnen waren immer geschwollen und mit überirdischer Kraft gespannt.*

*Nichts entging dem Gierigen. Er nahm Alles in sich auf. Dem gelb und schwarz gefleckten Ungeheuer konnte Niemand widerstehen.*


*Doch da saß auf einem weiten hohen Berge mitten unter hellroten Rosen ein schönes Riesenweib mit menschlichen Gliedern. Das saß da und malte und dachte und träumte und schuf Gebilde aus glänzendem Gestein; im Hintergrunde lag still ein prunkender Palast. Die schöne Frau malte grad'* und sah Heisomkrállu *gar nicht kommen...*

*Der Drache sieht's, und wilder glühen ihm die wilden Augen. So gierig ward er noch nie.*

*Das Weib wollt' er natürlich auch gleich wieder umkrallen. Und alle seine Krallen griffen zusammen mit einem fürchterlichen Ruck in den Berg, in die hellroten Rosen und in die schöne Frau hinein; sie umklammerten auch alles das, was die schöne Frau geschaffen hatte.*

*Noch ein Ruck – und Alles zerbrach in den Krallen – Frau, Berg, Rosen, Gemälde – Alles zerbrach – und der Drache schwoll auf – noch riesenhafter als bisher.*

*Dann aber ging durch seine sieben Köpfe ein Traum. Er fühlte plötzlich seine Muskeln nicht mehr kräftig gespannt – sie wurden schlaff. Die Glieder schienen dem Gierigen zu schwinden. Er blickte hinunter – und sah – ja was sah er da?*

*Er sah zwei menschliche Beine unter sich – einen menschlichen Leib, auch menschliche Arme und Hände – und ringsum blühten hellrote Rosen – und Kunstwerke standen überall – sehr herrliche Kunstwerke...*

*Heisomkrállu sah, daß er jenes Weib geworden, das er eben noch gierig umklammert und durch seine Krallen mit Haut und Haar in sich aufgenommen hatte.*

*Vom gierigen Drachen war im hellgrünen Himmel Nichts mehr zu sehen.*

*Heisomkrállu war nicht mehr gierig, er hatte plötzlich seine ganze Gier vergessen, er war ganz und gar verwandelt und ein schönes, menschlich gebildetes Riesenweib geworden.*

*Der hellgrüne Himmel leuchtete, die hellroten Rosen dufteten, und das Wesen, das einst Heisomkrállu genannt wurde, streckte sich selig mit seinen menschlichen Gliedern ganz lang aus – unter die hellroten Rosenbäume... sah den herrlichen Himmel und träumte – träumte...... was jenes Wesen träumte, weiß man heute nicht mehr.*

●

Und auch diese schöne Geschichte erklären die Geister der achtkantigen Flasche nicht so, daß man sagen könnte, die Drei seien wieder mal einer Meinung.

«Dieser Heisomkrállu», meint der Brüllmeyer, «kann nur der Kapitalismus sein. Das Weib ist die Kunst. Sobald der große Millionär auch die Kunst an sich ziehen will, wird er selber zum Künstler, die Vampir-Gestalt des Millionärs verschwindet und seine Millionen gehen auch zum Teufel. Träumer, die was besitzen, verlieren bald ihren Reichtum, denn die Kunst hat einen guten Magen. Wir haben hier also die Vernichtung des Kapitalismus durch die träumerische Kunst.»

«Nicht übel!» ruft nun der Passko, «aber viel zu einfach dieses Mal. Ich bin sonst auch für naturgemäß sich ergebende Erklärungen – jedoch in diesem Falle liegt die Sache ein bißchen verwickelter. Das Gedicht ist sicherlich fünfzehn bis zwanzig Jahrhunderte jünger als die andern. Heisomkrállu ist nach meinem Dafürhalten das Slaventum – das Weib aber die Germania. In dem Augenblick, in dem die Germanen von den Slaven besiegt wurden, wurden die Slaven zu Germanen. Die alte Geschichte von der Unbesiegbarkeit des großen Geistes! Dieser Gierige ist ein politisches Gedicht ersten Ranges.»

Kusander lächelt und hebt nun also an:

«Zunächst ist es mir noch etwas zweifelhaft, ob wir ein Symbolikum vor uns haben. Wenn das aber der Fall sein sollte, so können wir im Heisomkrállu nur den großen Künstler erblicken, der immer größer wird, solange er Alles in sich aufnimmt, was ihm grade in den Weg läuft – der aber sofort ein Andrer ist, sobald ihm mal ein Weib in den Weg läuft, das sich *auch* mit Kunstdingen befaßt; wenn der Künstler solch ein Weib aufgreift – so wird er selber zum Weibe. Was später das alte Weib, das einstmals ein Künstler war, zusammenträumt, das weiß kein Mensch, denn es ist nicht sehr wichtig, da's nicht mehr bedeutend sein kann. Die Geschichte dürfte auch heißen ‹Wie man ein altes Weib wird›. Dies ist die einzig mögliche Auflösung – die beiden andern Auflösungen – sind ein bißchen zu simpel – nehmt es nicht übel!»

Wiederum großer Zank – Einigkeit beim besten Willen nicht zu erzielen.

In eine große Betrunkenheit wird schließlich das archäologische Gespräch eingesargt.

Die Drei stoßen sich heftig die Köpfe, so daß sie beschließen, fürderhin nur ‹mit gut wattierten Mützen› zu trinken.

*     *<br>*

Die Herren haben natürlich nicht vergessen, ihren letzten Gläsern etwas Katergift beizumischen.

Das Katergift ist eine herrliche Erfindung, von der die alten Deutschen noch Nichts wußten.

Wie anders ist doch das Leben, wenn's zehntausend Jahre später gelebt wird! Die alten Deutschen hätten sich gar nicht zurecht gefunden, wenn sie zu Kusanders Zeiten noch einmal aufgewacht wären......

Nachdem die drei betrunkenen Geister der achtkantigen Flasche wieder aufgewacht sind, fängt Brüllmeyer gleich ganz geistreich zu reden an – der Kater ist eben vergiftet.

«Wir haben uns», beginnt der kühne Germanist, «noch nicht ordentlich in die Zeit, aus der die uns vorliegenden Dichtungen herauswuchsen, eingelebt. Nach meiner Überzeugung stammen die Geschichten sämtlich aus der Zeit nach Schopenhauer, in der es größere Philosophen nicht gab. Damals waren, wie wir ja wissen, die Dichter am Ruder, und die konnten zu einer ernsten Lebensauffassung gar nicht kommen, denn sie nahmen immerfort Alles komisch. Sie hatten natürlich vollauf Grund dazu. Schwärmende Ideale berauschten damals nicht das deutsche Volk. Man hatte sich Alles allmählich abgewöhnt und verzichtete nur noch – lächelnd oder lachend, wie's grade Mode war. Die trefflichen Persönlichkeiten hatten sich schon das Berühmtwerdenwollen abgewöhnt, denn an jedem Ruhme klebten so fürchterlich lächerliche Geschichten, daß den Vernünftigen der Geschmack am öffentlichen Leben ausging. Es muß eine höchst merkwürdige ‹Blüteperiode› damals gewesen sein. Man stelle sich nur ein Volk vor, das immerfort über Alles lacht! Zu komisch! Aus dieser komischen Zeit stammt aber mein Schatz. Das Einzige, was damals nicht komisch war, dürfte wohl nur die alkoholistische Überreiztheit gewesen sein, da ja das Katergift viel später entdeckt wurde. Wir haben dieses Alles bei unseren Erklärungsversuchen nicht außer Acht zu lassen. Wir haben die

Dichtungen eines lachenden Volkes vor uns, und das Lachen ist oftmals bitter und höhnisch – ja sogar grimmig!»

Dem Kusander kommt die philosophenlose Zeit nach Schopenhauer auch sehr merkwürdig vor, aber der ältere Germanist wehrt sich gegen die nach seiner Meinung viel zu bestimmt entwickelten Ansichten, von denen der kühne Brüllmeyer beherrscht wird.

«Es ist allerdings», gibt der Alte zuletzt zu, «sehr verführerisch, sich eine Zeit auszumalen, in der selbst das Beste auf die Zeitgenossen nur einen lächerlichen Eindruck machte. Es müssen ja damals unsäglich viele Zwerchfellerkrankungen vorgekommen sein. Aber – ich will dir nicht widersprechen, lieber Brüllmeyer: wo die Dichter am Ruder sind, da gehts immer ein bißchen lustig zu. Wenn's auch nicht ganz stimmt, was du sagtest – allzu phantastisch kann ich dieses Mal deine Erörterungen nicht finden.»

«Verlieren wir uns nicht!» fällt der besonnene Passko ein, «wir haben vorläufig noch lange nicht bewiesen, daß die Dichtungen sämtlich der philosophenlosen Periode angehören. Jedenfalls ist es merkwürdig, daß Brüllmeyer bei sämtlichen Sachen nicht einen einzigen Dichternamen entdeckte. Die Dichter wollten absolut nicht genannt werden. Diese Namenlosigkeit läßt sich aber nur erklären, wenn wir annehmen, daß jede Geschichte einen satirischen Inhalt hat, in dem die politischen und sozialen Zeitzustände verhöhnt werden. Die Zeitzustände scheinen mir aber doch nicht lustiger gewesen zu sein als später – oder früher.»

«Das hab ich auch nicht gesagt!» behauptet nun Brüllmeyer eifrig. Und er setzt dem Freunde auseinander, daß man auch in schlechten Zeiten sehr viel lachen kann. Der kühne Germanist will sogar bemerkt haben, daß man in schlechten Zeiten viel häufiger und stärker gelacht hat als in guten Zeiten, denen es an Nichts fehlte.

Die Drei sind bald so ziemlich einer Meinung. Man verständigt sich – Brüllmeyer reißt seine Freunde mit sich fort. Und da er Recht bekommt, liest er seinen Freunden noch ein Märchen aus der philosophenlosen Zeit vor.

# Die Prinzessin Rona.

## Ein Märchen.

*Die Nacht war still, und der Springbrunn plätscherte. Die blanken Sterne funkelten, die Rosenhecken dufteten, der weiße Kies auf den Fußwegen des großen Gartens leuchtete, die Palmen und Sykomoren standen ganz ruhig da... Doch plötzlich knirschte der Kies – es kam wer – – und ein grüner Papagei rief krächzend «Siehst du mich? Siehst du mich?»*

*«Ich sehe dich», sagte die Prinzessin Rona – denn sie wars, unter deren Fuß der Kies plötzlich knirschte – und der grüne Papagei flog auf den Rand des Wasserbeckens, in dem der Springbrunn plätscherte. – – –*

*Da kam der junge Gärtner mit den blauen Augen, sank vor der Prinzessin Rona selig auf ein Knie – und küßte der hohen Herrin ehrfürchtig die schmale gelbe Hand.*

*Und indische Blumen dufteten durchs Gebüsch – und indische Brillanten funkelten in Ronas schwarzen Haaren, und indische Liebesworte drangen geflüstert in die stille Nacht hinaus. Ganz fern im Hintergrunde lag der Palast des großen indischen Königs, der der Vater der Rona war.*

*Der Papagei rief wieder: «Siehst du mich?» – aber Niemand sah ihn.*

*Der Springbrunn plätscherte. Und nach einer längeren Weile küßte die Prinzessin ihrem jungen Gärtner abermals auf die Stirn und sprach dabei so wie im Traum: «Sieh nur, wie hübsch blank da drüben über den Sykomoren die Sterne funkeln.»*

*«Nanu», erwiderte der Gärtner, «warum sollen sie nicht funkeln; deine Augen, schöne Rona, funkeln doch auch.»*

*Da wiegte die Prinzessin ihren kleinen Kopf so nachdenklich hin und her, ihre mandelartigen braunen Augen strahlten auf, eine Verzückung überkam ihren ganzen Körper und dabei sagte sie: «Du, weißt du, ich möchte ein paar wirkliche Sterne in mein Haar stecken – verstehst du?»*

*Der Gärtner ward sehr nachdenklich.*

*Er schwieg, Rona schwieg auch.*

*Der Springbrunn rauschte, und die aufspritzenden Wasser schienen höher zu spritzen als vorher.*

*Die blauen Augen des jungen Gärtners schauten nun forschend auf Ronas Stirn, in ihre kleinen Ohren, in ihre schwarzen Haare, in denen Brillanten funkelten. Diese Brillanten hob der Gärtner vorsichtig aus den schwarzen Haaren heraus, steckte die Steine in eine große weiße Lilie hinein und begann mit gedämpfter, zitternder Stimme also zu sprechen:*

*«O Rona, ich sitze hier mit dir zusammen auf dieser alten Granitbank, und du weißt nicht wer an deiner Seite weilt – erschrick nicht und höre! Ich bin ein Zaubrer.»*

*«Aha», sagte die Prinzessin, «das hab' ich mir doch gleich gedacht. Du kannst mir also ein paar Sterne wirklich besorgen. Nicht? O tu's, ja, sieh, sei so gut, bitte, bitte, bitte – ich knie vor dir – sieh – bitte, bitte, bitte!»*

*Der Gärtner hob die Kniende auf und setzte sie auf seinen Schoß. Dann sprach er: «Kind, die Geschichte ist nicht so einfach wie du denkst. Zunächst sind die Sterne viel zu groß – sie sind ja viel größer als deines Vaters Gärten... alle zusammen. Wenn du also wirklich – wirkliche Sterne in dein Haar stecken willst, so mußt du viel größer werden. Na – willst du nun, daß ich dich größer mache?»*

*«Ja, ja!» rief die Prinzessin Rona ganz laut, daß es schallte und daß der Papagei, der schon eingeschlafen war, wieder erwachte...*

*«Komm, steh' auf, Rona, stell' dich hier hin, etwas weiter ab vom Springbrunn – du sollst größer werden.»*

*«Wirst du nicht auch größer?» fragte die Prinzessin, die schon sehr ungeduldig wurde.*

*«Nein», versetzte der Zauberer ganz kalt, «ich kann wohl Andre größer machen, mich selbst aber kann ich nicht größer machen. Nun sei still und höre zu, ich werde den Zauberspruch hersagen – warte!»*


*Nach einer großen Pause ward die Stimme des Zauberers abermals zu hören, sie sprach laut und deutlich:*

        *«Osimânu! Asimênu!*
        *Heterâpa kisolê.*
        *Osimânu! Irawîra:*
        *Lisikéte kisolê.*
        *Osimânu!»*

*Und darauf ward die Prinzessin Rona immer größer und größer.*

*Der Papagei sah das und rief krächzend: «Siehst du mich? Siehst du mich?» Aber die Rona sah ihn nicht mehr, denn sie stak schon viel viel höher in der Luft als ihres Vaters Sternwarte.*

*Bald war die Rona den Sternen ganz nahe; doch wie sie so wuchs – wuchsen auch ihre Füße – die bald so groß waren, daß sie den halben und schließlich den ganzen Garten bedeckten – wobei natürlich alle Bäume und Sträucher ganz und gar entzwei gedrückt wurden. Der Zaubrer lag auf dem großen Zeh seiner Geliebten und dachte nach – er dachte nach über die Eitelkeit der Welt....*

*Endlich konnte die Prinzessin ein paar Sterne vom Himmel herunterreißen, sie freute sich an dem Glanz der Sterne und steckte dieselben rasch in ihr schwarzes Haar.*

*Aber dann – darauf – ja – da fehlte der großen Rona was.*

*«Nanu», rief sie laut, daß alle Himmel dröhnten und donnerten, «die Geschichte wird gut, ich habe ja, ich habe ja – keinen Spiegel.»*

*Der Zaubrer auf ihrem großen Zeh hörte – das – und kicherte. Der Papagei rief immerfort: «Siehst du mich? Siehst du mich?» und er flatterte über Ronas große Sandalenriemen hinüber nach Ronas Hacke. Der Papagei flog sehr lange, denn der Prinzessin Fuß war ungeheuer groß.*

*Rona nahm den Mond in die Hand und wollte ihn putzen, doch er blieb blind – in den weiten Himmelsräumen war kein einziger Spiegel zu entdecken.*

*Die Prinzessin ward aber schließlich sehr ungeduldig, sie stampfte mit dem Fuße, daß der Zaubrer von ihrem Zeh herunterfiel und daß der ganze Garten gräßlich verwüstet wurde. Die Prinzessin riß sich wütend die Sterne aus den Haaren heraus und schmiß sie in die stille Nacht hinein und dröhnend und donnernd rief sie hinab: «Mach mich wieder klein! Mach mich wieder klein!» Der Papagei rief wieder: «Siehst du mich?»*

*Aber der Zaubrer bekam Angst, rieb seinen beim Fall zerschundenen Rücken und sprach bedächtig den Verkleinerungsspruch.*

*Die Stimme des Zaubrers sprach laut und deutlich:*

«Luriwêpa selakárri,
Monosô! Monosô!

Luriwêpa kurirássu!
Monosô! Monosô!
Kurirássu!»

*Darauf ward die Prinzessin wieder klein – aber der Zauberer war verschwunden – auch die Brillanten, die dieser in die weiße Lilie gesteckt, konnten nicht wieder aufgefunden werden.*

*Der große Garten war gräßlich verwüstet. Und der König, Ronas Vater, wunderte sich nicht wenig darüber, daß seine Tochter den ganzen Garten in einer einzigen Nacht zertrampelt hatte. Doch da der König ein guter Vater war, so ließ er den Garten wieder zurecht machen. Leider blieb des Königs Tochter, die Prinzessin Rona, seit jener Nacht sehr mürrisch, sie prügelte ihre Sklavinnen und war zu allen Menschen sehr böse – im Schlafe murmelte sie häufig: «Was hab' ich nun davon? Was hab' ich nun davon?»*

*Im königlichen Palaste fand man des Morgens sehr häufig sämtliche Spiegel zerschlagen vor.*

*Indessen der grüne Papagei ward in dem zurechtgemachten neuen Garten noch viel älter. Der Vogel fürchtete sich nur vor der Prinzessin Rona, sonst war er ganz zahm.*

*Als der Papagei zum letzten Male rief: «Siehst du mich?» da sah ihn nur ein grauer Kater, der das alte Tier zerfleischte, rupfte und ruhig auffraß.*

●

Und auch dieses lustige Stückchen wird gar ernsthaft mit Scharfsinn und Tiefsinn erklärt.

Passko kramt zuerst seine Weisheit aus.

«Natürlich», sagt er schmunzelnd, «werdet ihr wieder so tun, als wären in diesem Märchen mindestens ein ganzes Dutzend echtester Welträtsel gelöst. Ich aber sehe bloß die uralte Tragikomödie der Eitelkeit. Die Moral von der Geschichte lautet ungefähr: Eitle Menschen sollen mit schlauen nicht in Geschäftsverbindung treten – sonst gehts den Eiteln schlecht – die echten Diamanten gehen der

Eitelkeit in jedem Falle verloren. Die Geschichte wird wohl auf die Eitelkeit der Gelehrten ganz besonders gemünzt sein.»

«Mitnichten!» antwortet da selbstverständlich der kühne Brüllmeyer, «mitnichten, mein lieber Passko! Ich verstehe dich mit deinen einfach kindlichen Erklärungen nicht mehr – du hältst doch die alten Deutschen für *zu* dumm! Der Zaubrer muß doch – kann doch nur ‹der große Mann› sein. Der Dichter wollte die Weiber vor den großen Zaubrern dieser Erde warnen, diese sollen allen weiblichen Wesen möglichst abschreckend erscheinen. Der Dichter will, daß die Weiber ablassen von den großen Männern. Was wird daraus, sagt er, wenn ein echter Zaubrer sich in ein Weib verliebt? Nichts Gutes! Das Weib hat in jedem Falle den Schaden zu tragen. Die großen Zaubrer dieser Erde sollen den Weibern entzogen werden. Und um das fertigzukriegen, hetzt der Dichter die Weiber gegen die Zaubrer auf. Diese können ja die ins Riesenhafte gehende Eitelkeit der Weiber doch nicht befriedigen. Ein sehr feines Märchen! Ein sehr feines Märchen!»

Ein Funkenregen fegt an der achtkantigen Flasche vorüber. Die Gelehrten lassen sich aber nicht stören. Der alte Kusander bringt erst ordentlich seine lange Zigarre in Brand und redet dann so friedlich und ruhig, als hätte er noch immer auf Java seine Schüler vor sich.

«Eine soziale Dichtung!» erklärt er mit verblüffender Bestimmtheit. «Der große Mann, der das Volk liebt, wird hier verhöhnt. Der Zaubrer ist natürlich, wie Brüllmeyer schon ganz richtig herausgefunden hat, der große Mann schlechtweg. Wenn der das Volk, das in der albernen Prinzessin ganz allerliebst abkonterfeit ist, furchtbar liebt und es tatsächlich größer macht – so macht er dadurch das Volk doch nicht glücklich – im Gegenteil. Der Papagei ist der schwatzhafte Volksredner. Mit dem Kater wird wohl der Klerus gemeint sein. Das ist doch Alles so klar wie dicke Tinte. Wenn ich euch nicht stets auf die Beine helfen würde – dann wär's schlimm um euch bestellt.»

Na – drei verschiedene Ansichten reiben sich wieder mal. Es entstehen dabei fast ebensoviel Geistesfunken wie draußen im Weltraum Schnuppenfunken.

Feuerwerk überall!

*     *<br>*

Die ausgelassene Lebensfreude, die sich anfänglich in der Flasche sehr breitgemacht hatte, wird allmählich immer gelassener. Der Mensch ist nicht bloß zur Freude geboren – das merkt man an allen Ecken und Kanten – in der Achtkantigen ebensogut – wie einst anderswo.

«Die Erde ist längst entzwei!»

Dieser große Satz des kühnen Brüllmeyer beginnt allmählich den drei Gelehrtenköpfen etwas beschwerlich zu werden.

Man erinnert sich immer öfter und öfter an das alte Erdendasein, beschäftigt sich eifrigst mit der Geschichte der letzten zehn Jahrtausende – als wenn die Erde noch da ist. Passko macht seine Freunde vergeblich darauf aufmerksam, daß die ganze Beschäftigung mit den früheren Zeiten jetzt nach dem Untergange der Erde höchst überflüssig geworden ist.

Er dringt nicht durch – der kluge Passko.

Und so schleicht denn, wie nicht anders zu erwarten, mit den Erinnerungen und den lange vergangenen zehntausend Erdenjahren allmählich der Trübsinn in die achtkantige Flasche hinein.

Die gute Laune ist ein kostbares Gut.

Passko bittet schließlich den Brüllmeyer, mal was vorzusuchen, was die alten Geister der hellen Fröhlichkeit wieder anlocken kann.

Brüllmeyer findet nach langem Suchen nur dieses:

# Die alten Priester und die Knaben.

## Eine Tempelphantasie.

*Im Lande der Heibranen ward es wieder einmal Nacht. Der Wind raschelte heftiger in den Lorbeerbäumen – und es begann die Finsternis, immer schwärzer und schwärzer zu werden.*

*«Hurasâla! Hurasâla!» riefen klagend die alten greisen Priester in die dunklen Wälder hinein. Der große Tempel des Semâfi leuchtete hellweiß auf, denn er war ganz aus weißem Marmor gebaut.*

*Wieder riefen die Priester:*

*«Hurasâla! Hurasâla! Efakô!»*

*Dann ward's still ringsum.*

*Der große Tempel des Semâfi lag ruhig weiß leuchtend da – zwischen den Lorbeerbäumen – wie ein großer schlafender weißer Elefant.*

*Da plötzlich – da hinten – da drüben – Flammen – viele Flammen – Fackeln – und ein Knistern – ein langer Zug kommt heran – mit vielen Fackeln zum Tempel des Semâfi.*

*Knaben sind's, die die Fackeln tragen.*

*Semâfi aber ist der Gott der Torheit. Im ernsten Lande der Heibranen betet man den Gott der Torheit als Erlöser an.*

*Doch Semâfis Priester haben so viele Torheiten begangen, haben so viel gelacht in ihrem Amt, daß sie das Lachen und das Torsein allmählich verlernten.*

*Das hörten nun viele Jünglinge im Lande der Heibranen, und diese Jünglinge – Knaben zumeist – veranstalteten deswegen eine drollige Fackelprozession – und diese «Knabenprozession» näherte sich jetzt dem Tempel der Torheit, dessen Priester wehklagten, daß sie so ernst geworden waren.*

*Die Knaben wollten die alten Priester erlösen – erlösen von ihrem schwerfälligen Ernst, der die Alten ungeschickt machte, ihr Amt im Tempel der Torheit ordentlich zu verwalten.*

*Und die alten Priester glaubten auch fest daran, daß ihnen die Knaben die Erlösung bringen würden... die Knaben, die jetzt Fratzen schneidend immer näherkommen mit flackernden Fackeln.*

*Nun – nun – wie die Alten glaubten, so geschah's. Die Knaben waren bei Saitenspiel und Becherklang so töricht, lasen dabei so schrecklich wunderliche Geschichten vor, daß die Alten endlich einmal wieder lachen konnten.*

*Und da dankten die Alten den törichten Knaben – und die Alten sowohl wie die Jungen – Alle fühlten sich sehr gestärkt – die Torheit hatte sie so recht gründlich erfrischt....*

*Die Fackeln flackerten. Der Wein floß in Strömen – – und die Gesichter glänzten...*

*Also wirkte vor vielen Jahren im Lande der ernsten Heibranen eine «Knabenprozession». Im Lande der Heibranen wären die alten Priester aus ihrem Amt verjagt worden, wenn die törichten Knaben nicht als Retter und Erlöser erschienen wären.*

*Damals ward's im Lande der Heibranen wieder einmal Morgen.*

*Überall wird's so schnell nicht wieder Morgen.*

●

An dieser Geschichte ist nun beim besten Willen wenig zu erklären.

Aber lustiger wird man auch nicht.

Alle Drei kommen sich wie Semâfi's Priester vor, zu denen die herrliche Zeit der törichten Jugend nicht wiederkehrt. Vergeblich starren die Gelehrten in den gestreiften Himmel und versuchen, irgendein menschliches Fahrzeug zu entdecken. Aber – kein Luftballon und keine Knabenprozession ist zu sehen, Fackeln sind allerdings da – aber keine menschlichen Hände halten die Fackeln.

Eine ungeheure Wehmut, eine gradezu heroische Wehmut bemächtigt sich der langen Gelehrten. Der Narrenwein verscheucht die trübe Stimmung nur noch auf Augenblicke.

Die gelehrte germanistische Forschung verliert beinah allen Reiz.

Nur Passko hält sich einigermaßen aufrecht. Er erklärt den Semâfi erst für einen Mäzen, dann für das Publikum, dann für einen Hauptdichter – schließlich für das Haupt der Verleger und Kunstdirektoren.

Doch Passko's gelehrte Glossen machen den beiden Andern gar keinen Spaß. Kusander hält diese Tempelphantasie für die Verhöhnung einer Religionssekte.

Jeder geht in eine Flaschenecke und beschäftigt sich mit seinen Gedanken ganz allein. Passko studiert die Landkarten von ganz Europa, um das Volk der Heibranen zu entdecken und findet natürlich Nichts von dieser ernsten Rasse. Dafür werden ihm die Worte Hurasâla und Efakô sehr bedeutsam. Und wie wiedermal die alten Email-Uhren aufgezogen sind, spricht der kluge Germanist zu seinen Freunden also:

«Zwischen dem Geschrei der Priester des Semâfi und den Zaubersprüchen in der Prinzessin Rona scheint mir ein Zusammenhang zu bestehen. Beide Geschichten könnten wohl von demselben Verfasser herrühren, der ohne Frage die Sprachen der späteren Jahrtausende vorgeahnt hat. Diese wunderbar wohllautende, ausdrucksreiche, gefühlswarme, schon rein-klanglich wirkende, uns noch unverständliche Sprache bildet einen ungemein wertvollen Beitrag zur höheren Sprachentwicklung im Innern Asiens.»

*      *<br>*

Die drei Gelehrten entdecken in der Folgezeit auf linguistischem Gebiete eine ganze Reihe merkwürdiger Analogien, die geeignet sind, die ethnologischen und ethnosophischen Forschungen in hervorragendem Maße zu befruchten.

Der alte Kusander hält die Geschichte für lauter faulen Zauber. Das ärgert den Brüllmeyer ungemein, und er holt aus seinem Schatz ein kleines Spott-Poem hervor, das allen nörgelnden Kritikern recht kräftig auf den alten Dickschädel haut.

Brüllmeyer liest hastig – hüpfend – wie ein See, über den ein frischer Morgenwind weht:

# Das Windspiel.

## Eine Hundsvignette.

*Der berühmte Kapellmeister Gluck lebte friedlich mit einem alten Windspiel zusammen.*

*Eines Tages rief der Hund:*

*«Gluck, spiel auf der Flöte!»*

*Gluck spielte, jedoch das Tier heulte ganz fürchterlich.*

*«Warum heulst du denn?» fragte Gluck...*

*Das Windspiel aber bellte laut und rief fortwährend:*

*«Gluck, spiel auf der Flöte!» Gluck wußte sich nicht zu helfen und spielte wieder, und der Hund heulte dazu – fürchterlich, gräßlich, wimmernd!*

*Hörte Gluck zu spielen auf, so verlangte der Hund gleich wieder von Neuem nach Musik.*

*Glucken sowohl wie dem Windspiel – Beiden war das Spiel eine Qual, und doch mußte Gluck immer spielen und der Hund immer heulen.*

*Das war sehr schrecklich anzusehen und anzuhören.*

Nu – das bringt wieder Leben in die Bude.

«Da hast du», brüllt Brüllmeyer, «die Geschichte von dem, der was macht, und dem, der bloß zukickt. Ja, die kritischen Windspiele! Sie sehen so klug und gewandt aus und sind doch so dumm wie die Windspiele, die einst auf der Erde herumliefen. Ja, die überflüssigen Luxustiere! Kusander, du bist ein Luxus-Germanist!»

Die Drei werden furchtbar gemütlich, machen sich ein prächtiges Fischessen zurecht und probieren ihre sämtlichen 100 Schnapssorten.

Nach langer Zeit gehts mal wieder etwas lustig in der Achtkantigen zu.

Gluckens dummen Hund läßt man 100mal hochleben.

Die Emailwände dröhnen.

Draußen flitzen ein paar grünliche Blitze vorüber – es donnert dazu.

Die Gelehrten lachen aber und schreien:

«Na prost!»

*      *<br>*

Als am Ende der Zecherei der Passko die Echtheit der altdeutschen Dichtungen anzweifelt und ganz dreist zu behaupten wagt, daß Brüllmeyer all die Späße ganz allein gemacht habe, entsteht natürlich ein ungeheures Halloh.

Brüllmeyer schwört beim heiligen Semâfi, daß er unschuldig sei.

Um seine Unschuld zu beweisen, liest er mit donnernder Stimme die folgende etwas lange Geschichte vor:

# Die Nacht war groß.

## Eine Sterngeschichte.

*Die Nacht war groß. Und am Himmel blitzten die alten Sterne – die großen Weltkörper des unendlichen Raums – sie blitzten durch die Finsternis hinab... bis auf den Parnaß der Erde.*

*Auf dem Parnaß der Erde saßen viele Dichter, die schauten hinauf, hinein in den unendlichen Raum, in dem die fernen Weltmassen, die alten unzähligen Sternheere fortwährend blitzten.*

*Plötzlich ging ein tolles Flackern, Flammen und Leuchten durch die Unendlichkeit. Tausende neuer Sterne entstanden, wurden furchtbar hell und sausten als gleißende glühende Streifen auf den Parnaß der Erde hinab. Mit ungeheurer Kraft bohrten sie sich knarrend – tief in das feste Gestein des Parnasses.*

*Die neuen Sterne erhuben ein großes Geschrei, sie riefen immerfort:*

*«Wir sind vom Himmel gefallen!»*

*«Wir sind vom Himmel gefallen!»*

*«Betet uns an!»*

*«Betet uns an!»*

*Die Dichter aber auf dem Parnaß der Erde begannen heftig zu murren. Sie sagten sich ärgerlich:*

*«Das sind ja gar keine Sterne.»*

*Da wurden die, die vom Himmel gefallen waren, sehr böse; sie kreischten auf und brüllten:*

*«Ihr Lumpenhunde, wenn ihr uns nicht anbetet, so schmeißen wir euch vom Parnaß runter, hört ihr's?»*

*«Wir hören», sagten die Dichter, holten aus ihren Höhlen die Spaten heraus und beschütteten die neuen Sterne, die sich tief in das harte Gestein des Parnasses hineingebohrt hatten, mit nasser Lehmerde.*

*Und da zischten die neuen Sterne wie giftige Schlangen auf.*

*Doch die Dichter mit ihren Schaufeln wurden sehr böswillig, sie verzogen die Stirnhaut in tiefe Falten, knirschten mit den Zähnen und schmis-*

sen immer mehr nasse Lehmerde auf die neuen Sterne, die noch immer
ganz heiß waren.

Dieses alles sahen nun sofort die ältesten Dichter, die ganz in der Mitte
des Parnasses lebten; sie kamen ohne Spaten näher; sie sprachen, während
sie sich bedächtig die langen weißen Bärte glatt strichen, mit lauter Stimme:

«Kameraden! Kameraden! Fürchtet ihr euch denn vor den neuen Kräf-
ten? Ob's Sterne sind oder nicht – das ist doch einerlei – für uns. Wir
dächten, ihr hättet was Besseres zu tun. Ihr seid doch keine Totengräber!
Bedenkt das doch! Laßt die Verschüttung! Die eilt ja nicht. Die Kleinen
werden schon von selbst wieder ruhig werden. Ärgert euch doch nicht
gleich so, ihr seid ja böswillig! Nicht doch! wartet! hört auf!»

Wie das die neuen Sterne vernahmen, wurden sie sehr froh, denn die
Lehmerde war sehr naß und sehr kalt. Sie begrüßten die alten Dichter sehr
artig und meinten – jetzt schon viel bescheidener:

«Wir sind aber doch wirklich vom Himmel gefallen, wirklich aus dem
Himmel herausgefallen. Habt ihr uns denn nicht gesehen?»

Hiernach versetzte der eine der Alten: »Wir sahen euch schon aus eurem
Himmel herausfallen, glaubt's nur! Mancher von uns soll auch aus dem
Himmel gefallen sein. Wir wissen's nicht genau. Aber deswegen brauchten
wir ihn noch nicht anzubeten. Auf dem Parnaß der Erde hat nur der Dichter was zu sagen. Die Kraft allein macht's bei uns nicht... und die Klugheit
auch nicht. Ihr habt euch ja mit großer Kraft in unsren Parnaß hineingebohrt. Indessen damit habt ihr doch noch nicht gezeigt, was ihr als Dichter
könnt!»

Und ein Andrer der Alten fuhr fort: «Sagt mal, ihr kleinen, ihr neuen
Sterne, warum sollten wir euch eigentlich anbeten? Glaubt ihr, wir haben
so'n unbezwingliches Betbedürfnis? Wir beten ja ganz gern. Aber wenn
wir beten wollen, dann haben wir ja dort oben die alten festen großen Sterne, die ganze Weltenmassen sind – die lassen sich die Anbetung immer
noch gefallen, da sie gutmütig sind wie alte Riesen. Ihr glaubt, Stern sei
Stern. Und das stimmt doch nicht. Dann müßt ihr auch bedenken, daß ein
Stern noch nicht ein Dichter der Erde ist. Seht ihr? Wir halten uns nicht
für so gering, als ihr dachtet.»

Und ein leises Lächeln ging durch die Reihen der irdischen Dichter.
Und aus einer Gruppe von den Jüngeren, die sich jetzt müßig auf ihren
Spaten stützten, sprang rasch ein Dichter mit schwarzem Haar hervor,

*fuchtelte mit dem Spaten in der Luft herum und rief: «Wir sind böswillig gewesen, ihr neuen Sterne, nehmt es nicht krumm! Wenn ihr aber Dichter werden wollt, dann wollen wir euch wieder ausgraben, wollt ihr?»*

*«Ach ja! tut das! die verdammte Lehmerde wirkt gräßlich.» Also erwiderten die neuen Sterne.*

*Da gingen die Dichter mit ihren Spaten wieder zu den neuen Sternen hin und begannen, die tief im harten Gestein Festgerammten – auszugraben.*

*Die älteren Dichter waren währenddem ins Reden geraten. Einige meinten:*

*«Übrigens haben wir auch noch alle einen Stern hinter unsrer Stirn – das ist unser eigner Stern, und den werden wir wohl am häufigsten anzubeten haben, damit was Ordentliches aus uns wird.» Und in einer anderen Gruppe meinte man: «Wenn wir uns gegenseitig anbeten wollten, dann mußten wir wohl recht viel überflüssige Zeit haben. Und – fördern würden wir uns dadurch doch wohl nicht.»*

*«Nein, nein!» sagten die Andern, und sie gingen auseinander – schmunzelnd, lächelnd, mit Falten auf den Wangen neben der Nase...*

*Die Nacht ward wieder groß. Und am Himmel blitzten die alten großen Sterne – die Weltallsonnen – viel, viel heller als sonst.*

*Der Älteste der irdischen Dichter dachte jedoch eifrig nach, ob wohl die großen Sterne des Himmels auch dichten könnten – nur dann wollte er sie für seinesgleichen halten – denn der älteste Dichter der Erde war maßlos stolz.*

●

«Wie sollte ich wohl», fragt mürrisch der Brüllmeyer, «eine solche Geschichte geschrieben haben? Könnt ihr wirklich annehmen, daß so was in meinem Kopf entstehen könnte? Ihr müßt mich doch kennen.»

Passko ist noch nicht überzeugt, er behauptet, das sei bloß eine Satire auf die Unproduktiven, die sich immer für was Großes hielten, da man ihnen nicht so leicht auf den Zahn fühlen könne wie den Unvorsichtigen, die sich gleich kühn wie Brüllmeyer vorwagen.

Dem kühnen Germanisten schwillt der Kamm.

Kusander sagt:«Bevor wir die Frage der Autorschaft endgiltig erörtern können, möchte ich dich, lieber Brüllmeyer, freundlichst
ersuchen, zunächst einmal diese Sterngeschichte in deiner Weise zu
erklären. Ich glaube, das wird uns eine Reihe vergnügter Stunden
bereiten. Rege dich nicht auf! Schenk die Gläser voll!»

Brüllmeyer schenkt ein und spricht:

«Der kluge Passko, der Alles so einfach wie möglich auffassen
will und den Geheimnissen abhold ist, weshalb ich ihn den klugen
Simpelmeyer nennen möchte, wird gleich sehr erstaunt sein. Doch
das gönn' ich ihm. Wir stehen, um's kurz zu sagen, dieses Mal vor
einer ‹Parodie auf die allgemeine Wehrpflicht›. Die Blütezeit der
deutschen Dichtung war gleichzeitig wie gesagt eine tragikomische
Zeit in sozialer und politischer Beziehung. Die skandalöse demokratische Institution des Volks-Militarismus, der nicht einmal die unersetzlichen Talente vom Kriegshandwerk befreien wollte, mußte
notgedrungen die gesamte Dichterwelt empören. Die Talente sind
natürlich die Meteore. Und die Dichter sind natürlich gar keine
Dichter – sondern Unteroffiziere, die die höhere Gesittung mit dem
Lehm ihrer dreckigen Redensarten beschmeißen. Die älteren Dichter sind die Herren Offiziere, die, da sie selber gern zu den Talenten
gerechnet werden wollen, diesen eine kleine Erleichterung gewähren – wenn sie Ordre parieren und gute brave Soldaten werden
wollen. In dem Parnaß erkenne ich den südlich von Berlin gelegenen Kreuzberg wieder, der von oben bis unten mit lauter Kasernen
bepflanzt war. Der Kreuzberg wurde, wie ein gewisser Rothmüller
berichtet, vom Volksmunde Parnaß genannt. Die Bezeichnung wird
uns nicht unpassend erscheinen, wenn wir berücksichtigen, daß
dort alle Dichter Deutschlands nebenbei noch Soldat werden mußten. Da eine Auflehnung gegen die staatliche ‹Ordnung› zur Blütezeit der deutschen Dichtung scheußlich geahndet wurde, so dürfen
wir uns nicht wundern, daß diese Verhöhnung der militärischen
Dienstzeit in hochpoetische Form gebracht worden ist. Dieses ist
das Resultat meiner Forschungen. Nun frage ich jeden verständigen
Menschen: kann ich, der ich doch zehntausend Jahre später in
glücklicheren sozialen und politischen Verhältnissen im alten
Hongkong geboren bin, eine derartig feine Satire auf den Militaris-

mus der philosophenlosen Dichterzeit Deutschlands schreiben? Ich sage: laßt euch nicht auslachen! Und damit schließe ich! Jetzt könnt *ihr* reden!»

Passko springt wütend empor, trommelt mit den Fingern gegen die Aussichtsscheiben, durch die man Nichts als grünen Nebel sieht, und legt dann los:

«Mensch!» ruft er wild aus, «diese *Er*klärerei ist ja schon die reine *Ver*klärerei! Die alten Deutschen können doch nicht immerfort in Allem Alles haben sagen wollen. Ich sehe höchstens nur ein Eifern gegen die wilde Kraft in dieser großen Nacht. Und so was kannst du allerdings nicht geschrieben haben. Ich nehme also in bezug auf die Echtheit des literarischen Fundes alles Gesagte zurück. Von deinen Verklärungen will ich aber Nichts wissen – das ist bloß geistreiche Phantasterei.»

«Wir wollen», unterbricht den Erregten der alte Kusander, «niemals vergessen, daß es uns mit den Mitteln, die uns in unsrer Flasche zu Gebote stehen, nie und nimmer gelingen wird, eine nach allen Richtungen befriedigende Erklärung des Brüllmeyerschen Schatzes zu liefern. Wir müssen an der vollständigen Durchdringung des Stoffes schlechterdings verzweifeln. Wenn wir also mal ein bißchen oder ziemlich stark danebenhauen, so kann uns das kein Mensch übelnehmen – ganz abgesehen davon, daß wir auf eine Verbreitung unsrer Ansichten nicht rechnen können. Die Erde ist längst entzwei. Und ob außer uns noch jemand gerettet ist, wissen wir nicht. Das wollen wir nicht vergessen. Darum, lieber Passko, sei dem Ulk in unsren wissenschaftlichen Forschungen nicht gram. Wir wußten ja schon auf Java, daß es leichter ist, eine Hammelkeule zu verspeisen – als ein Produkt des alten Germaniens schmackhaft zu machen.»

«Nun komm auf die Autorschaft zurück!» ruft erregt der kühne Brüllmeyer dazwischen.

«Ich lehne», fährt der Kusander fort, «schon aus ästhetischen Bedenken jeden Zweifel an der Echtheit der Papiere sehr bestimmt ab. Ich weiß nicht, ob die Deutschen jemals die Absicht hatten, in ihren Kunstwerken immer ‹Alles in Allem› zu sagen. Das ist meines Wissens auch in den späteren Jahrtausenden niemals ein allgemein geäußerter Wunsch gewesen. Aber – im Stile der vorliegenden dich-

terischen Arbeiten steckt so viel Veraltetes, die Folge der Ereignisse
ist so einfach aneinandergereiht, die Sprache beinahe ängstlich, gar
kein gewandtes Umspringen mit dem Thema, stets das lächerliche
Bemühen, keine Lücken lassen zu wollen, überall einen ebenen Fluß
vorzuführen – – daß Brüllmeyer als Autor gar nicht in Frage
kommt. Die unschickliche Art, in der die Sterngeschichte schließt,
sagt ebenfalls genug. So weit kann unser Freund nicht sinken, daß
er die Bedeutung der Sterne in den Staub ziehen könnte. Daß die
Sterne noch ein bißchen mehr verstehen als die Dichterei – diese
Erkenntnis ist uns Gott sei Dank in Fleisch und Blut übergegangen.
Du siehst demnach, mein kühner Bruder, daß die Kritik manchmal
doch nicht so verächtlich ist, wie du mit deinen Windspielen anzu-
deuten wagtest.»

Man schmunzelt in der Flasche.

Und Alle werden wieder gemütlich.

Brüllmeyer behauptet nur noch, daß nach seiner Meinung jeder
Dichter sich Mühe geben müsse, immer wieder ‹Alles in Allem› zu
sagen – denn sonst säßen ja die gelehrten Erklärer und Zeichendeu-
ter allzu bald auf dem Trocknen.

Und aus Freude über die Gemütlichkeit gibt Brüllmeyer, während es draußen plötzlich so dunkel wird, daß man die elektrischen
Lampen anzünden muß – ein veritables Nachtstück zum Besten:

# Qualm und Rauch.

## Ein Nachtstück.

*Weiche Trunkenheit überkam mich.*

*Unzählige Schornsteine rauchten vor meinen Augen. Und der Rauch ward immer dicker und dunkler.*

*«Das ist das Überflüssige und Unbedeutende, das Falsche und Gewöhnliche, das diejenigen hervorbringen, auf deren Herde sehr viel wirklich Treffliches entsteht. Aber das nicht Treffliche ist überall auch da – und das steigt nun als Qualm und Rauch aus hohen Schornsteinen vor dir in den Himmel auf und trübt deinen Blick.»*

*So sprach ein altes Weib mit grasgrünen Augen und orangefarbigem Antlitz zu mir. Karminrote Haare wehten ihr um die feine lange Nase.*

*Ich und das alte Weib, wir saßen auf einer Dachrinne und schauten träumend in den Qualm, in den Rauch.*

*Da wirbelten Gestalten in dem Rauch empor und abgedroschene Redensarten, salomonische Weisheit und Karnevalsulk... und wirre Nebelbilder zuckten hindurch – und ich wußte nicht mehr, was da trefflich war und – was nicht.*

*«Nur was uns erlöst – von irgend etwas – das ist trefflich», – so sprach das Weib neben mir mit dem Orangegesicht.*

*Ich aber wußte nicht, war das Weib ein höhnisches Sinnbild, das die Klarheit darstellen sollte – oder war das Weib auch nur Qualm und Rauch? Ich ging über die Dachrinne zurück und fiel in mein altes Bett. –*

●

Der kluge Passko meint selbstverständlich wieder, daß diese Geschichte vollkommen klar sei und einer Erklärung nicht bedürfe. Kusander stimmt dem bei, meint, es sei ganz klar, daß der Dichter nur wolle, es solle Einem Nichts klar bei der ganzen Geschichte werden – es sei eben eine Parodie auf die Klarheit.

Brüllmeyer ist glücklicherweise so betrunken, daß er seine sämtlichen Erklärungsversuche selig vergißt. Er vergißt sogar, sich in die

Hängematte zu legen. Und während die beiden Andern einschlafen, rollt er auf den Polstern rum, daß man glauben könnte, er möchte zu Rührei werden.

Die Träume des kühnen Germanisten rollen um den Begriff Klarheit rum und finden gar keine Ruhe.

Rollende Träume sind gräßlicher als rollende Augen.

*     *

*

Der unerklärliche Nebel bleibt längere Zeit. Zuweilen saust die Flasche durch ganz schwarze Finsternis dahin. Das bringt die drei Gelehrten allmählich wieder in mißmutige Stimmung. Ihnen wird auch unheimlich in der Finsternis.

Man denkt an den Tod, denn ein Zusammenstoß mit anderen Meteoren ist ja wahrhaftig nicht unmöglich.

Und die Drei erinnern sich wieder mit Schaudern an das große Sterben der vielen Millionen Menschen beim Zusammenstoß der Erde mit dem eisernen Kometen.

«Wir können doch froh sein!» meint Passko.

Aber sie sind *nicht* froh.

Das Angstgefühl ist schlimmer als manche schlimme Krankheit.

Aber man überwindet schließlich auch die Angst, wenn man keine Veränderung in seinem Zustande bemerkt.

Und während sie in die schwarze Finsternis schauen, beschäftigen sie sich in ihren Gedanken immer lebhafter mit dem Schicksal der vielen Millionen, die schon lange als Asche durch den Weltenraum fliegen. Brüllmeyer ist sogar der Meinung, daß die Finsternis ganz gut durch eine Wolke fliegender Menschenasche erzeugt sein könnte.

Ein ungemütlicher Einfall!

Aber die Regungen des Mitleides stimmen lange nicht so trübe wie die unbestimmte Empfindung eigener Qualen, deren Ursache uns nicht ganz klar ist. Kusander meint, daß das Nachtstück

‹Qualm und Rauch› aus einer derartigen unbestimmten Empfindung herausgewachsen sein könnte.

Brüllmeyer holt wieder seinen Schatz vor.

Alle Drei zünden sich, um ihre Nerven zu beruhigen, eine lange Zigarre an und lesen dann zusammen:

# Loscha.

## Eine Resignationsphantasie.

*Weitab vom Gefilde der langweiligen, eklen, stumpfen Quarkgewalten rauscht ein dunkelgrünes großes Meer – das dunkelgrüne Meer des ewigen Vergessens.*

*Am Gestade dieses Meeres ragen wilde schroffe Gebirge hoch in den dunkelblauen Himmel hinauf.*

*Und am Fuße dieser Gebirge lagern weiße Paläste.*

*Die Paläste glänzen, denn sie sind aus weißem Milchglase gebaut; sie haben nur glatte Flächen an den Wänden und viele scharfe rechtwinklige Kanten – aber nur rechtwinklige Kanten – nicht andre.*

*Glatt und regelmäßig wie das Durcheinander von vielen großen Treppenstufen liegen die Paläste da – – nur ein paar viereckige Türme mit Burgzinnen streben zwischen den Dachterrassen empor. Die Dachterrassen sind auch mit Burgzinnen gekrönt.*

*Abgeglättete Ruhe spiegelt sich in den weißen Palästen am Gestade der dunkelgrünen See, in der Alles – Alles vergessen wird...*

*– – –*

*Die Märchenengel schweben herbei... in langen weißen Gewändern – ein langer Zug.*

*Sie haben kleine Pauken in den Händen – und lange dünne Posaunen, alte Geigen und alte Flöten.*

*Und die Sonne geht auf – drüben im grünen Meer.*

*Eine silberne Sonne geht auf.*

*Silberne zierliche Wolken umkränzen die silberne Sonne.*

*Es sieht feierlich aus – der Himmel, die See und das Gestade.*

*– – –*

*Und Loscha, die stille Priesterin, sitzt jetzt hoch oben auf einem Turm.*

*Die blanken Burgzinnen glänzen und blenden.*

*Das dunkelgrüne Meer rauscht.*

*Aber unten zwischen den Palästen rauscht noch ein anderes Wasser – das strudelt und brandet und gurgelt so – denn es kommt vom Gebirge herunter – von den höchsten Bergspitzen strömt es hernieder...*

*Und dieses Wasser ist dunkelrot, so rot wie das Blut wilder Tiere.*

*Das rote Wasser umspült die sämtlichen weißen Paläste.*

*Loscha sitzt hoch oben auf ihrem Turm, schaut die silberne Sonne nachdenklich an, fährt mit der Hand über die Stirn, steht auf – berührt einen runden silbernen Knopf, der aus dem weißen Milchglase der Burgzinne hervorragt, drückt ihn – und horcht...*

*Da klingen in allen Palästen helle, feine Glocken durcheinander – wie tausend Spieluhren klingen die Glocken – wundersame lustige Lieder hallen in Glockentönen durch die weißen Paläste.*

*Loscha weckt die Tollköpfe – die Tollköpfe, die jetzt weitab vom Gefilde der langweiligen, eklen, stumpfen Quarkgewalten ihr Leben verträumen – – –*

*Gierige, heiß und hastig aufstrebende Menschen sind's, die Loscha weckt – ihnen will sie zeigen, wie alle wilden, feurigen Wünsche – die blutroten Wasser – im Meere des Vergessens – spurlos versinken. Ob die Wünsche gut oder schlecht genannt werden, ist ganz gleich.*

*Dieses ewige Versinken schauen sich nun die trotzig begehrenden Menschen an – sie schauen sich das jeden Tag an – – –*

*Durch dieses Anschauen erzieht die stille Loscha die unbändigen Krallengeister zur Ruhe – zur ewigen Ruhe im Glanze der silbernen Sonne, die im dunkelblauen Himmel von hochgestiegenen Silberwolken umkränzt wie eine alte Weltuhr dahängt.*

*Alle die guten und bösen Tollköpfe, die's auf Erden gab und gibt, stehen nun auf den Dachterrassen der Milchglaspaläste, stehen da in ihren verschiedenen Trachten – in guten und schlechten Kleidern – mit freundlichen und mit verzerrten Zügen – stehen da und schauen in die roten Wasser und in die grünen Wasser.*

*Die Glocken klingen nicht mehr.*

*Aber die Pauken und Posaunen der Märchenengel tönen jetzt milde herüber – mit Geigen- und Flötenspiel.*

*Die Märchenengel fliegen langsam immer um die Paläste herum, so daß alle die heißblütigen Menschen, die da oben auf den Dachterrassen stehen* und schauen – auch die feine Märchenmusik hören – die bald feierlich – bald lustig klingt....

Währenddem kommt Loschas Page zu seiner Herrin und meldet einen Menschen, der ganz besonders wild aussieht, einen schäbigen Rock trägt und Loscha durchaus und durchum zu sprechen wünscht.

Songulano heißt der Fremde.

Loscha, die stille Priesterin, hat Nichts dagegen, daß der Fremde näher kommt.

Sie empfängt ihn hoch oben auf ihrem Turm.

Songulano stürzt der Loscha zu Füßen und küßt ihr die Hand.

Sie entzieht ihm ihre Hand.

Er aber begehrt die Loscha, die stille Priesterin, zum Weibe – ungestüm – rauh – sehnsüchtig.

Sie soll kommen mit ihm in die Welt.

Sie soll mit ihm zusammen alle Menschen in der Welt glücklich machen – alle Menschen – alle Menschen.

Doch Loscha lacht den Schwärmer aus.

Sie sagt:

«Du bist nicht der Erste, bist auch nicht der Letzte, der mich zum Weibe begehrt. Doch ich werde weder dem Ersten noch dem Letzten noch einem Andern die Hand zum Ehebunde reichen. Ich bleibe hier hoch oben auf meinem Turm. Ich bin an's Geliebtwerden schon gewöhnt. Komm' setz' dich still hier neben mir auf meine weiße Bank. Du sollst nicht traurig von dannen gehen.»

Songulano gehorcht.

Loscha fährt fort:

«Sieh', auch der Wunsch, mich als Eh'frau heimzuführen, strudelt dort unten mitten unter den anderen heißen Wünschen ganz gemütlich weiter. Er wird auch wie die andern gleich in's grüne Meer stürzen und dort spurlos versinken. Du willst, daß ich mit dir zusammen alle Menschen auf der Erde glücklich machen soll – aber ist das nicht auch bloß ein Wunsch, der im roten Strudelwasser dahinbraust? Du willst die Menschen glücklich machen? Mußt nicht so viel wollen – du weißt ja gar nicht, ob die Menschen auch glücklich werden möchten. Die meisten Menschen wissen *gewöhnlich gar nicht, wann sie glücklich und wann sie unglücklich sind. Wenn sie aber Letzteres zu sein glauben, dann können sie ja stets hierher kommen und von meiner Dachterrasse aus niederschauen in die roten Fluten, in denen auch die heißen Wünsche der Unglücklichen weiterströmen – dem Meere des ewigen Vergessens entgegen – – immerfort. Unaufhaltsam strudelt's da unten – sieh' nur, wie schnell die roten Wasser an den weißen Palästen vorüberschäumen. – Songulano, willst du nun noch, daß ich Ja und Amen zu deinen so vergänglichen Wünschen sage?»*

*Songulano erwidert:*

*«Du scheinst nur Freude am Neinsagen zu haben.»*

*Loscha, die stille Priesterin, nickt und meint:*

*«Ja – Neinsagen zu Allem und sitzen bleiben, wo man grade sitzt – das scheint mir das Beste zu sein – – so geht's, wenn man alt wird. Sieh! Und hier kann man bei Märchenklang ohne Ärger sehen, wie auch das Wildeste, und wie auch das Größte in uns spurlos vergeht – spurlos!»*

*Da ruft Songulano:*

*«Loscha, du bist alt und faul!»*

*Und er stürmt rasch davon.*

*Und er verschwindet unten in der Menge, die jetzt, da die silberne Sonne untergeht, auch wieder verschwindet; die Tatmenschen tauchen nieder durch große Luken – versinken da – spurlos – so wie die heißen roten Wünsche spurlos im grünen Meere versinken.*

*Die stille Loscha ist wieder allein, wird nicht mehr von Songulano gestört.*

*Songulano hat draußen in der Welt schon wieder andere Wünsche.*

*Die roten Wasser aber stürzen unaufhörlich in's grüne Meer und kümmern sich nicht darum, ob die Menschen und Geister alt sind oder jung, faul oder fleißig, gut oder schlecht...*

*Loscha sitzt ruhig hoch oben auf ihrem Turm, den die blutroten Strudel wildschäumend umrauschen.*

Diese Phantasie paßt so genau in ihre Stimmung, daß Keiner an ein Erklären denkt.

Das ist mal was ganz Verständliches!

Auch die großen Wünsche der drei Gelehrten sind in ein grünes Meer gesunken.

Die Geister der achtkantigen Flasche haben nicht einmal den Wunsch, zu leben – auch nicht den Wunsch, zu sterben.

Eine trockne Kaltblütigkeit greift allmählich um sich.

Und es wird kühl draußen; das Thermometer fällt auf vierzehn Grad.

Die Flasche wird geheizt.

Und man kommt dabei auf den Einfall, ein paar Fische zu braten und Muscheln zu kochen.

Mit Essen, Trinken und Rauchen vergeht schneller die Zeit.

Man vergißt auch die Finsternis.

*　　*<br>*

Aber plötzlich – hei! hurrah! – da wird's wieder Licht!

Oh Welt! Oh Rausch!

Das ist ein Jubel!

Unbeschreiblich!

Es wird immer heller!

Schon wird der Himmel wieder gestreift – aber die Streifen sind jetzt alle blau – vom hellsten bis zum dunkelsten Blau sind alle Töne dieser alten irdischen Himmelsfarbe plötzlich wieder da.

Die Menschenasche ist fort!

Hei! Hurrah!

Die Geister der Flasche springen und tanzen, umarmen sich und lachen und weinen dazu und sind selig.

Sie füllen die großen Gläser, zerschlagen dabei sechs Stück – aber das schadet ja Nichts – es ist ja wieder Licht zu sehen...

Wie die Rasenden toben die drei Gelehrten herum.

Na prost! Na prost!

Das hört man wohl tausend Mal.

Und das Thermometer steigt wieder ein bißchen – und da werden die drei kühn – sie öffnen das große Fenster und lassen die unverfälschten Weltallüfte rein. Es brummt am Fenster wie ein großes Heer wilder Bären!

Brüllmeyer läßt sich festbinden und steckt seine beiden langen Beine zum Fenster raus – aber dann schreit er gleich:«Zurück! Zurück!»

Der Weltwind ist doch zu stark – der arme Brüllmeyer hat sich beide Beine ‹verrenkt›.

Kusander schließt das Fenster, und Passko reibt dem kühnen Brüllmeyer, der jetzt ‹vor Schmerzen› brüllt, die Beine mit Gelenksalbe ein. Man kehrt in die Polsterräume zurück.

Es ist tatsächlich wahr: man soll sich nicht zu sehr freuen – das ist ‹niemals› gut!

*    *<br>*

Wie's allmählich ein bißchen besser mit den verrenkten Beinen wird und der Kranke schon in der Hängematte vor den Fenstern liegen kann, fühlen sich Alle wieder behaglich.

Ein kräftiger Schmerz macht im Großen und Ganzen eigentlich lebenslustig. – Das merken auch die Drei.

Und Brüllmeyer holt aus seinem Schatz eine neue Geschichte vor, die er mit den jetzt folgenden Worten einleitet:

«Gute Geister der achtkantigen Flasche! Ich will euch und mich wieder lustig machen! Da ich jetzt wahrlich noch nicht springen kann, so will ich euch ein altdeutsches Gedicht, das wirklich zum

Springen ist, mit rührender Wehmut, über die ihr kräftig lachen könnt, vorlesen. Die Menschenasche ist fort – darum les' ich»:

# Menschenblut.

## Soziale Fabel.

*Ein ziemlich jugendlicher Floh saß einmal in seinem Lehnstuhl und las in der Chronik des alten Großvaters. Da sprang die Mutter des jungen Mannes durch's Fenster in's Zimmer hinein. Der Mutter Leib war ganz voll Menschenblut.*

*«Junge, höre mal! Wie viel Menschenblut hast du heute schon getrunken?» Also rief die Mutter.*

*Der im Lehnstuhl sitzende Sohn klappte die Chronik des Großvaters ärgerlich zu, erhob sich, starrte die Mama kalt lächelnd an und meinte kurz: «Was geht dich das Menschenblut an, das ich trinken will oder getrunken habe – was geht dich das an?»*

*«Na ja, du bist immer der feine Herr – wo wirst du dich quälen – deine alte Mutter hat sich's den ganzen Tag über sauer werden lassen... Glaubst du, es ist ein Spaß, immerfort bei den Menschen zu sein?»*

*«Nein – nein – deswegen saß ich auch hier und las», rief lachend der junge Floh – – – – – – – doch ihn dürstete, und er ließ sich von seiner Mutter den Weg zum nächsten Menschenbeine zeigen...*

*«Schläft der Mensch auch?» fragte der junge Mann.*

*«Jawohl, er schläft!» versetzte grimmig die vom Menschenblut ganz aufgequollene Mutter.*

*«Ohne Blut geht's doch nicht ab», sagten Beide, wie sie weit voneinander waren.*

*«Ohne Blut geht's doch nicht ab...»*

●

Schallendes Gelächter!

Jetzt haben die Herren wieder Sonne in der Brust.

Und Brüllmeyer erklärt:

«Das ist die nichtsnutzige Erwerbssucht! Die ist aber im Interesse der Fortentwicklung viel wichtiger als die leichtlebige Genuß- und Verschwendungssucht.»

«Hör' auf!» schreit ihn da der Kusander an, «du kannst dich mit deiner moralischen Anwandlung einpökeln lassen. *Uns* wird die Erwerbssucht Nichts mehr nützen. Laß endlich deine ewige Erklärerei. Das ist ja auf die Dauer nicht zum Aushalten. *Ohne* Erklärungen muß man die Kunstwerke *auch* genießen können! Trink und halt's Maul! Na prost!»

Die Drei saufen wie die Igel.

Brüllmeyer macht wilde Witze, um seine Schmerzen zu verjagen. Er ist eine verrenkte, aber keine gebrochene Natur. Er philosophiert furchtbar witzig über die absolute Notwendigkeit der Schmerzen. Man hütet sich wohlweislich, ihm zu widersprechen. Er redet schließlich mehr, als er trinkt.

*      *<br>*

Passko wird mit der Zeit immer rationalistischer; er mahnt ständig zur Verständigkeit.

Kusander wird immer spöttischer und Brüllmeyer immer phantastischer; es bildet sich bei diesem auch ein sehr kühner ästhetischer Fanatismus aus.

Alle Drei sehen sich aber bald so ähnlich, daß, wenn die Flasche unbekannte Gäste bekäme, eine Verwechslung der Personen nicht ausgeschlossen wäre. Ihre gelbe Hautfarbe ist blasser geworden. Die schief geschlitzten Augen brennen noch immer wie schwarze Diamanten. Der Schnurrbart hängt allen Dreien nach Jahrtausende alter chinesischer Sitte schlapp runter und ist ganz weiß – auch bei den Jüngeren. Das kurz geschorene Haupthaar ist ebenfalls weiß; Schreck und Angst machen am schnellsten alt.

Die fein gebogenen Nasenrücken der drei Gelehrten sind jedoch – und das ist sehr eigentümlich – so schmal geworden, daß man mit diesen Nasen seinen Bleistift anspitzen könnte.

Die Drei haben selbstverständlich durch den ‹Gürtel der Enthaltsamkeit› ihren Geschlechtstrieb vollkommen getötet – wie man einst im alten Deutschland einen Zahnnerv tötete. Das Töten des Geschlechtstriebes war in javanischen Gelehrtenkreisen einfach Modesache. Der Gürtel ist übrigens dem menschlichen Körper und Geiste ebenso wenig schädlich wie das Katergift.

Wie ‹gewöhnliche› Menschen denken und empfinden die Geister der Achtkantigen natürlich *nicht* mehr.

Als Brüllmeyer die ersten Gehversuche macht, beginnt das Blau des Himmels, das immer wie ein Schleier wirkte, langsam zu verfliegen.

Und bald sieht der Himmel so bunt gestreift aus wie am Anfange der Fahrt.

Zur Feier seiner Genesung gibt Brüllmeyer eine gemütliche Geschichte zum Besten.

Mit hoch erhobenem Zeigefinger und funkelnden Brillantenaugen kommt's fein – ein bißchen springend und hüpfend – heraus:

# Die kleine Fliege.

## Winteridyll.

*Da sitzt sie – die kleine Fliege – mit ihren sechs Beinen – ganz gemüt-
lich – auf Großmutters weißer Haube.*

*Es ist eine kleine schwarze Fliege – die Fliege, die auf Großmutters
Haube sitzt.*

*Das ganze Zimmer ist so still, und die Großmutter denkt an die gute al-
te Zeit.*

*Und die kleine Fliege fliegt auf, im Zimmer herum, stößt sich an der
großen Lampe, spiegelt sich im alten Spiegel, umbrummt die Nippes auf
der Kommode, setzt sich auf den Rand des Goldfischglases und reibt sich
mit den Vorderfüßen den kleinen Kopf.*

*Großmutter trinkt Kaffee – sie nimmt ein Stück Zucker und taucht es in
den Kaffee hinein – da kommt die kleine Fliege, fliegt geradezu auf den
Zucker los, setzt sich auf ihm fest – und beginnt zu saugen.*

*Großmutter sieht's, schmunzelt – und hält die Hand ganz still – um die
Fliege nicht zu stören.*

*Großmutter mag auch nicht gestört werden.*

Kusander und Passko sehen den verschmitzt lächelnden Brüllmeyer erwartungsvoll an und fragen gleichzeitig:

«Soll das *auch* was bedeuten?»

«Natürlich!» erwidert der Gefragte, und dann beginnt er zu erklären:

«Dies ist ein ganz gefährlicher Scherz – gradezu staatsgefährlich!
Die Großmutter ist nämlich der Staat, der in tiefster Gemütsruhe
einen kleinen Tyrannen duldet, ihm sogar Süßigkeiten gibt, wenn er
sonst nicht unbequem wird und nicht viele oder fast gar keine Kameraden besitzt. Das habt ihr wohl nicht vermutet, daß sich ein
alter europäischer König hinter der Fliege verbirgt – nicht wahr?»

«Nein!» erklären da die Andern und schütteln nachdenklich den Kopf.

Kusander aber meint nach einer kleinen Weile:

«Ich glaube, daß die Könige der damaligen Zeit nicht nötig hatten, sich über so unverständliche Anspielungen aufzuregen.»

Passko sagt dazu:«Die Dichter, die nur so zarte Scherze sich erlaubten, müssen an Verfolgungswahn gelitten haben – oder die damalige Zeit stand tatsächlich unter gemeingefährlicher polizeilicher Kontrolle.»

Und die Drei freuen sich, daß sie zehntausend Jahre später geboren sind und so viel Glück auf ihrer Weltfahrt hatten.

Brüllmeyer nimmt aber die Gelegenheit wahr und hält wieder einen seiner weit ausgreifenden Vorträge über die philosophenlose Zeit des alten deutschen Reichs.

«Damals!» spricht er wehmütig, «waren die öffentlichen Zustände wahrhaftig ganz gemeingefährliche. Die großen Geister der Zeit litten sämtlich an hochgradiger alkoholistischer Überreiztheit, denn sie hatten das ‹Katergift› noch nicht erfunden. Auch die unerquicklichen Verhältnisse, die durch die Auswüchse einer barbarischen Monogamie erzeugt wurden, brachten so manchen albernen Jammer in die Welt, denn den ‹Gürtel der Enthaltsamkeit› hatten sie ebenfalls noch nicht erfunden. Damals war ja noch nicht einmal der Harem nach Europa importiert. Verrückte und teilweise gräßliche Deliriumszustände alkoholistischer und erotischer Natur standen demnach auf der Tagesordnung. Und so gelangte die Polizei zu immer größerer Macht. Ganz Europa litt ja an chronischer Verrücktheit. Es ist durch das Zeugnis glaubwürdiger Zeitgenossen vollkommen erwiesen, daß kein einziges öffentliches Gebäude – auch das kleinste nicht – ohne polizeiliche Erlaubnis gebaut werden durfte. Und die Polizei verlangte, daß jedes Haus und jede Bude bei etwaigen Straßenkämpfen den Polizisten einen Stützpunkt böte. Ja – der ganze Volks-Militarismus war eigentlich nur für die Polizei da. Selbst die unterirdischen Bahnen, die man in den entsetzlich ungesunden Großstädten baute, waren im Grunde genommen nur zu Polizeizwecken da. Ist es nicht merkwürdig, daß die Völker Europas über alle diese Dinge noch lachen konnten?»

Den Gelehrten treten dicke Tränen in's Auge.

Um die Zeit noch greller zu beleuchten, holt Brüllmeyer ein au-
ßerordentlich klar gehaltenes Spottgedicht hervor:

# Nacht und Purpur.

## Allegorie.

*Der glänzende Purpur kam zur Nacht. Er liebte die schwarze Nacht.*

*Doch diese sagte: «Laß mich in Ruh!»*

*Der Purpur schüttelte darob sein schönes Haupt und glaubte, die Nacht sei toll geworden. Er, der Purpur, konnte nicht begreifen, wie's die schwarze Nacht fertigbringen konnte, den glänzenden Purpur zu verschmähen.*

*Zwei Fledermäuse hatten diesem wunderlichen Liebesspiele kichernd zugeschaut.*

*Jetzt flogen sie auf und sangen spöttisch:*

> «Purpur, laß uns in Ruh!
> Wir sind ja gar nicht wie du!
> Deine Liebe kann uns Nichts nützen.»

*Der Purpur ging sehr ärgerlich von dannen. Und bald hörte der Purpur überall – spöttisch – höhnisch – lustig:*

> «Purpur, laß uns in Ruh!
> Wir sind ja gar nicht wie du!»

*Ach – und viele Verse, die so ähnlich klangen.*

●

Es wird den Gelehrten aller Zeiten und Weltkörper immer wieder große Freude bereiten, wenn sie ein Werk der Literatur ganz und gar zu begreifen glauben und dennoch gewissermaßen ihre eigene Meinung in der gelehrten Angelegenheit behalten können.

So auch hier!

Passko sagt lächelnd: «Das Proletariat und der König! Es ist sehr aristokratisch – kann aber auch das Gegenteil sein – d. h. sehr demokratisch!»

Brüllmeyer sagt bloß:«Flachkopp und Genie – kleiner Mann und großer Mann!»

Kusander sagt:«Volk und Prophet! Die Großen der Erde sollen nicht runtersteigen und kordial sein wollen – es hilft das Nichts! Nur die unselbständigen Naturen wollen sich mit andern verbinden. Die Fledermäuse sind die selbständigen Humoristen, die zu allen Zeiten die Menge mieden, obgleich sie zu ihr gehörten. Es wird aber zur philosophenlosen Zeit sehr viele teils wohlweise teils wohlhabende Herren gegeben haben, die das Bedürfnis empfanden, mal ‹leutselig› zu werden. Diese kurzsichtigen Narren müssen eine sehr lächerliche Figur gemacht haben.»

*     *<br>*

Wie Passko wieder mal die Emailuhren aufzieht, wirds draußen plötzlich lebendig. Das Thermometer steigt auf 65° – und ein langer breiter Himmelsstreifen wird bunt und fängt an zu funkeln und zu glitzern, als bestände er aus Myriaden großer Riesendiamanten.

Den Gelehrten wird etwas schwül.

Als aber das Thermometer schnell wieder fällt und der Diamantenstreifen ruhig weiterfunkelt und in immer neuen Farbenspießen brennt – da beruhigen sich die Drei.

Passko ruft kaltblütig, während er drei große Gläser mit dem alten blauen Narrenwein vollschenkt:

«Na prost! Es lebe die Flasche, die immer noch nicht entzwei ist!»

Und die Geister der glücklichen Flasche trinken wieder und freuen sich, daß sie leben.

Die Gefahr ist stets die Mutter großer Seligkeiten – daher die Verbreitung der Tollkühnheit!

Brüllmeyer liest mit Begeisterung:

# Hei! Tanz mit mir!

## Eine Schwärmerei.

*Ich bin der lachende Herr der Welt!*

*Was willst du essen?*

*Was willst du trinken?*

*Ich kann dir Alles geben – Alles!*

*Glaubst du, ich sei arm?*

*Dummes, kleines Kind! Siehst du da drüben überm schwarzen Meere die unzähligen Sterne funkeln?*

*Weißt du, wem sie gehören?*

*Mir gehören die Sterne – denn ich bin so selig, daß Niemand seliger sein kann. Und wer Etwas selig anschaut – der besitzt das, was er anschaut – ja, der besitzt das – Niemand kann's ihm rauben!*

*Siehst du, jetzt weißt du, was Eigentum heißt!*

*– – –*

*Willst du nun die Königin der Welt sein neben mir auf meinem großen Throne?*

*Willst du?*

*Sei selig, und du kannst Königin sein!*

*Komm' und setz' dich an meine Seite!*

*Wir sind ein lachendes Herrscherpaar!*

*– – –*

*Was willst du essen?*

*Bah, sei selig, und du brauchst nicht mehr zu essen!*

*Sei selig, und du brauchst auch nicht mehr trinken!*

*Dein Auge sei dein Reichsapfel, dein trunken empor sich reckender Arm dein Zepter!*

*So – jetzt herrschen wir über die Welt!*

*Komm! Wir wollen auch mal regieren!*

*Hei! Tanze mit mir!*

*Drüben durchs Gebüsch rennen unsre Diener – die sind gehorsam –
siehst du sie?*

*Nein?*

*So schließe dein Auge, so kannst du Alles sehen, Alles haben, Alles be-
sitzen!*

*Doch du lachst noch nicht so, wie's Königinnen geziemt!*

*Lach so wie ich!*

*Sonne, Sterne! Tanzt mit mir auch!*

*Ho! Hei! Ha! Rase mit mir!*

*Nicht zu toll!*

*Tanz' nur mit mir....*

●

«Da hört man ja», ruft lachend der alte Kusander, «das ganze Gelächter heraus, von dem damals das gute Deutschland widerhallte.
Brüllmeyers Schatz gibt uns doch ein ganz ausgezeichnetes Zeitbild.
Welches Aufsehen würden wir in Java auf der Hochschule mit diesem Schatze gemacht haben! Aber auch die Hochschule ist längst
entzwei! Nur das helle Gelächter der alten Deutschen ging *nicht*
entzwei – das ist unsterblich!»

Brüllmeyer schreit jetzt aber lauter denn je:

«Halt! Hier ist noch eine Notiz! sie ist mit so kleinen Lettern gedruckt, daß ich sie nur mit dem Vergrößerungsglase lesen kann.»

Er holt das Vergrößerungsglas und liest:

«Diese lachende Schwärmerei ward in der lächerlichsten aller
Zeiten geschrieben – und die Völker des Westens nannten diese
antikapitalistische Offenbarung ‹das Königslied›. Ich aber, der ich
dies hohe Lied der Augenlust gedichtet habe, will nicht, daß es ‹das
Königslied› genannt werde. Ich will's nicht! Warum ich's nicht will,
sag ich nicht!! Das bleibt ewig mein lachendes Geheimnis! Ich habe
wahrhaftig nicht nötig, alles Das, was ich denke, auszuplaudern.

Das tat ich nie!! Brüder des Erdballs! *Erratet* meine Gedanken, damit ihr lachen könnt – noch lauter als ich!!!»

Die drei Gelehrten sehen sich verblüfft an und sehen ganz verwundert aus.

*     *<br>*

Der Leser, der irgendwo im Raume dieses zu lesen beliebt, wird sich wundern über das Verwundertsein der drei Gelehrten.

Die Sache werde aufgeklärt:

Auf der Hochschule zu Java wurden diejenigen, die auf den Kanzeln des weißen Elefantentempels gelehrte Vorträge hielten, ‹Könige› genannt. Solche ‹Könige› waren auch die drei Gelehrten in der Achtkantigen, die sich naturgemäß durch die ‹Fußnote› zur altdeutschen Schwärmerei eklig angeulkt fühlen mußten.

Diese letzten zweiundvierzig Worte erklären gleichzeitig auch den Titel dieses ganzen Buches, das mit vollem Recht ein ‹Königsroman› genannt zu werden verdient.

*     *<br>*

Die gelehrten drei Könige müssen schließlich ‹schauderhaft› lachen – der Gedanke, daß sich schon die deutschen Dichter vor zehntausend Jahren über die germanistische Gelehrsamkeit lustigmachten – erscheint den Germanisten unbezahlbar schön.

Wieder tobt helle Seligkeit durch alle Kanten der glücklichen Flasche.

König Passko richtet die herrlichsten Schaltiere her – Schildkröten, Austern, Schnecken, Krabben u.s.w.

König Kusander braut einen gemischten Glühpunsch mit javanischem Büchsen-Kraut.

König Brüllmeyer würzt die Zigarren mit echtem Olabêlo-Pulver.

Und dann wird ein köstliches Fest gefeiert!

Eine Laune – eine Laune – macht sich breit – die Könige werden beinah in den Weltraum hinaus gedrängt – in den gestreiften Weltraum, wo die Weltbrillanten funkeln.

* *
*

Ein ander Mal liest Brüllmeyer:

# Der Neugierige.

*Ein großer Riese, den man den Neugierigen nannte, wollte einst auch wissen, was ‹hinter› dem Himmel dieser Welt zu sehen sei.*

*Er schlich daher, damit's Keiner merkte, auf unbekannten Pfaden – über Berg und Tal, über Wasser und Eis – zum Weltrande.*

*Dort hob der Neugierige, der stärker als hundert Löwen war, das Himmelsgewölbe behutsam ein wenig höher – und noch höher – und noch höher – so daß er den Kopf durchstecken konnte...*

*Dann sah er in die Welt hinein, die sich hinter dem Himmelsgewölbe riesig weit nach allen Seiten hin ausbreitet.*

*Der Riese schrak zusammen.*

*Unglaublich herrlich war jene Welt. Entzückend blühten da ungeheuerlich drollige Blumen; ganz abenteuerlich sahen die Vögel aus und die Tiere. Die Berge ragten steil und schroff in wunderlichen Formen hoch in einen weißen, schimmernden, anderen Himmel hinein. Paläste lagerten zwischen seltsamen Gärten – – – und Alles war ganz anders – das Meiste war unbeschreiblich, denn kein Mensch und kein Riese könnte die Dinge, die da hinter dem Himmelsgewölbe sind, kennen.*

*Unglaublich herrlich leuchtete jene Welt, so daß der neugierige Riese ganz geblendet wurde. Dabei vergaß er vor Entzücken, daß er ja noch das Himmelsgewölbe mit seinen Händen stützen mußte...*

*Er wollte begeistert mit seinen Händen hinaufgreifen, um dem Gott da oben, der ihm all das Herrliche gezeigt, mit erhobenen, zitternden Händen zu danken.*

*Er ließ das Himmelsgewölbe in überschäumender berauschender Seligkeit los – und das Himmelsgewölbe fiel ihm auf den Nacken und schnitt ihm wie ein scharfes Messer den Kopf ab.*

*Der Körper des Riesen zuckte im Todeskrampf, so daß das Himmelsgewölbe dieser Welt erbebte.*

*Doch der Kopf des Neugierigen sank in jene Welt hinein.*

*– – –*

*Der Himmel dieser Welt glänzt mit seinen unzähligen Sternen wieder wie sonst, als wenn er nie erschüttert werden könnte.*

*Nur der neugierige Riese wußte, was dahinter war.*

●

Diese Geschichte wird wieder schrecklich vernünftig ‹erklärt›.

Es kann eben kein Mensch von seinen Gewohnheiten lassen – das ist leider richtig.

«Nun wollen wir wieder erklären – wir sind doch so daran gewöhnt!»

Das denken alle Drei.

Und Kusander beginnt:

«Der Neugierige ist ein Geisterseher, der allmählich seinen Verstand verliert. Eine nicht ungewöhnliche Erscheinung – wie wir ja wissen.»

Passko hält das natürlich wieder für ganz falsch.

«Wir haben hier», sagt er kalt, «eine politische Satire auf die Kämpfe zwischen Rußland und China vor uns. Der Neugierige ist der Russe, der den Kopf verlor, als er ihn zu tief in das himmlische Reich hineinsteckte!»

«Phantasterei!» ruft da merkwürdigerweise der kühne Brüllmeyer, «dieses Mal ist die Sache sehr einfach! Wir haben im Neugierigen nur einen Dichter vor uns, der naturgemäß ganz kopflos wird, wenn er kurz vor der Bewältigung seines Stoffes plötzlich Alles fertig vor sich sieht. Das Mysterium des höchsten Dichterrausches, der sein Letztes niemals der Welt verkünden kann!»

«Tief!» schreien die beiden Andern – wie aus einem Munde.

Und dann reden die Drei – Tage lang – preisen das Klotzige, Ballrige, Klobige – und – verstehen sich am Ende selber nicht mehr.

*   *

*

Und die Stimmung in der Flasche wird mit der Zeit eine ganz andre.

Es überkommt die drei Gelehrten eine große Ruhe – der Lärm verhallt.

Es wird den Geistern der Flasche allmählich klar, daß ihre gelehrte Tätigkeit doch ziemlich zwecklos ist. Und wer die Zwecklosigkeit seines Lebens erkannt hat, wird von dieser Erkenntnis niedergedrückt.

Man liest noch ein Mal die ‹Loscha›, und die Erinnerungen an die mühseligen Arbeiten auf der alten, längst zerschlagenen Erde machen wehmütig und weich, obschon in der Ferne feierlich-erhabene Trauerklänge Alles zu versöhnen suchen.

Die Drei beschäftigen sich jetzt in sehr ruhiger Weise mit dem alten Kunstleben, das vor mehr als zehntausend Jahren den Erdball in wilde Erregung versetzte.

Die einzelnen Bemerkungen werden nur noch von Zeit zu Zeit laut – man schweigt sehr viel.

Passko meint mal:

«Die Dichter wurden in allen philosophenlosen Zeiten nicht verfolgt, konnten ganz selbständig leben und bekamen in Folge dessen allmählich so viel philosophischen Charakter, daß die Poesie darunter litt.»

Kusander sagt mal ärgerlich:

«Die Kunst kann doch nicht zum reinen Rebusraten werden.»

Aber Brüllmeyer erwidert bald:

«Jeder Dichter möchte doch so gern ein Orakel sein und so gern auf Alles, Antwort geben – so entsteht der Orakelstil mit seiner Vielseitigkeit!»

Und er liest ohne Lächeln tiefernst:

# Die Welt ist ein Kuhstall.

## Eine Kater-Szene.

*Traurig tranken siebzehn alte Germanen am Strande der Elbe – reines Wasser.*

*Das Wasser war klar und rein, und die Sonne blinkerte in dem Wasser.*

*«Was ist die Welt?» fragte leise der jüngste der Germanen.*

*Die sechzehn älteren Germanen riefen sofort im Chore:*

*«Die Welt ist ein Kuhstall!»*

*Da ward es still am Strande der Elbe.*

*Die Germanen horchten und sannen nach – –*

*Dann tranken sie wieder – Wasser – reines Wasser!*

*Sie tranken und dachten nach.*

*Keiner sprach.*

*Alles war still.*

*Nur von Zeit zu Zeit sprang ein kleiner Fisch über einen kleinen Wellenkamm.*

*«Was ist die Welt?»*

*Die siebzehn Germanen wußten das jetzt «sämtlich» ganz genau.*

*Daher waren sie auch so still am Strande – so still – so klug und so still...*

●

«Ja! Ja!» spricht seufzend der kluge Passko, «man merkt, daß die alten Germanen kein Katergift besaßen.»

«Das ist», erwidert aber der große Brüllmeyer, «wirklich das ‹große› Germanenvolk, das eines Tages die allzu große Nachkommenschaft des Menschengeschlechts mit heißen Tränen in den alten Augen bejammerte – und die ganze Welt für einen menschlichen Kuhstall erklärte – was doch ein unglaublicher kosmischer Unsinn ist.»

«Man hatte eben noch nicht den Gürtel der Enthaltsamkeit erfunden», flüstert der alte Kusander.

Passko schweigt.

Die ‹wüste Seligkeit› vergeht allmählich ganz und gar.

Die Geister der achtkantigen Flasche lachen nicht mehr wie die Erdengeister vor zehntausend Jahren

Es ist ein großes Kunststück, sich von allen Menschen zurückzuziehen, ohne sich mit allen zu erzürnen

Kusander sagt: «das haben wir wirklich fertiggekriegt! Allerdings ist es nicht unser Verdienst!»

«Könnte man nicht», behauptet nun der kühne Brüllmeyer, «den Dichtern ihre Kühnheit ‹übel›nehmen?»

«Das wäre ebenso töricht», versetzt der alte, schändlich weise Kusander, «als wenn jemand seiner Frau was übelnehmen wollte.»

«Ja! ja!» fährt Brüllmeyer halb im Traume fort, «wenn man keine bösen Gedanken bekommt, ist es keine Kunst – ein guter Mensch zu sein.»

Die Geister schlafen ein.

*  *<br>*

Brüllmeyer will mal noch über die Abnutzbarkeit der feinsten Effekte was erzählen – doch die Andern verhindern's.

«Wozu so viel ‹Weises› sagen?»

«Die Erde ist ja doch schon längst entzwei.»

Es geht wieder eine merkwürdige Schwermut um – es ist das Leben eben nicht so einfach.

Und kein Gott kann das Leben – das unendlich große Leben – einfach machen.

*  *<br>*

Feste feiern wird langweilig!

Das Genußleben ermüdet.

Die Nutzlosigkeit ihres Daseins ermüdet – auch die Geister der achtkantigen Flasche, die nicht entzwei gehen will – wie der alte Erdball.

Und das Lachen wird auch so schrecklich langweilig.

Aber – da reizt die Drei wieder mal was auf.

*Dies* reizt:

# Der astropsychologische Dithyrambus.

*Hurrah! Hurrah! Endlich seh' ich sie – wie sie glüht, wie sie Purpur ausflammt!*

*Meine Mutter, meine gute Mutter – die Sonne!*

*Mutter, Sonne, hör' mich! hör' mich!*

*Dein Sohn kommt, dein Sohn, der viertausend Jahre im Weltenraum herumsauste in Hyperbelbahnen...*

*Mutter, erkennst du mich schon? ich bin ja der Stierkomet vom Jahre 1825.*

*Krachende Wonnen durchzucken meinen Kern. Guten Tag, Uranus, wie geht's dir denn?*

*Hurrah! leb' wohl, du lahmes Vieh!*

*Kometen fliegen wie die Geiersterne im Orionnebel.*

*Wir sind die Fieberträume der Materie, wir sind die zuckenden Weltall-schlangen, wir sind die toll gewordene Verrücktheit. Wir belachen die faulen Planeten. Wir vergeuden unsre Kraft, denn wir sind fürchterlich stark.*

*Sonne! Sonne! Dein Sohn, der Stierkomet vom Jahre 1825 – – naht!*

*Schon laß ich meine wilden Gluten in dich, du heiße Mutter, hinein-strömen.*

*Weltall, zittre!*

*Weltgeist, lausche!*

*Der Stierkomet küßt mit seinen kosmischen Lippen den Glutenleib sei-ner Mutter, seiner alten, alten Sonne. –*

*Faule Planeten, ihr Kebsmänner meiner Mutter, wandelt bedächtiger eure Bahn!*

*Sonne! Sonne! Sonne!*

*Mutterchen, ich liebe dich!*

*– – Du lustige Mutterbraut!*

*Mutter, ich werde ja so ernst – liebst du mich auch? Mich, den Stierko-meten vom Jahre 1825?*

Du lieber Himmel!

Passko hält die Geschichte für ein hohes Lied auf den Orient – hält den Stierkometen für Europa, der endlich mal wieder in seine orientalische Heimat zurückkehrt.

Kusander will Alles nur astral auffassen.

*      *<br>*

Die Drei werden sich immer mehr, ohne sich was zu sagen – sie werden zum prächtigen Dreiklang.

Brüllmeyer wohnt zumeist im Halse der Flasche und sieht die Welt durch einen funkelnden lichtglühenden Glaspfropfen.

Zuweilen liegen die Drei auf den weichen Polstern im Innern, starren die feindurchwebten bunten Seidenmuster an und mögen sich nicht regen und rühren – Alles ist für sie nur Traum – nur Traum!

*      *<br>*

Passko beschwört, wie er mal wieder aufwacht, seine beiden Freunde, nie wieder an die Erde zu denken – nie wieder!

Es beginnt eine neue Sehnsucht, sich der Flaschengeister zu bemächtigen – sie wollen sich auflösen – anders werden – alles Menschliche abstreifen.

Und es wird ihnen leicht gemacht.

Die Flasche wird zum wirklichen Weltkörper – – –

Und die Drei sind bald mit der Flasche zusammen ein Wesen geworden.

Da sind sie anders!

Das Menschliche ist abgestreift!

Eine große Auflösung!

Brüllmeyer liest noch:

# Hinter den Bergen der Gewöhnlichkeit.

## Scherzo.

*Hinter den Bergen der Gewöhnlichkeit sitzen zwölf kleine Kinder – sie rauchen. Sie rauchen die Blätter vom Erkenntnisbaum. Die Gegend ist etwas grau. Regen träufelt in sie hinein. Die Kinder sitzen unter zwölf gelben seidenen Regenschirmen. Da kommt plötzlich eine alte Sphinx des Wegs daher. «Was macht ihr da?» ruft sie aus. «Wir rauchen die Blätter vom Erkenntnisbaum», rufen die kleinen Kinder jubelnd der Alten entgegen. «Ach so!» sagt die – sie geht fort.*

●

Die drei Geister der Achtkantigen denken nicht mehr daran, diese Geschichte zu erklären – sie sind ganz anders geworden – sie sitzen da und starren in den gestreiften Himmel – sie fühlen sich als Teil des Alls – und empfinden Dinge, die sie nicht mehr sagen wollen. Sie haben die Empfindungen der achtkantigen Flasche und denken nur noch, wie eine Flasche denkt, die mit flinken Meteoren zusammen durchs Weltall saust.

Brüllmeyer holt sein letztes Blättchen vor:

# Der Faun.

## Eine Schluß-Vignette.

*An der Quelle saß ein alter Faun.*

*Eidechsen liefen über seinen linken Bocksfuß.*

*Ein grüner Papagei saß auf der rechten Schulter des alten Fauns.*

*Und dieser Alte wußte nicht, ob er lebte oder ob er schon tot war.*

*Fische spielten in der klaren Quelle.*

*Der Faun aber schüttelte leise den Kopf – er wußte nicht, was er sagen sollte.*

*Er murmelte schließlich immer wieder und wieder: «Ich weiß nicht mehr, ob ich noch lebe.»*

*Der Papagei flog hoch in die Luft – laut krächzend.*

*Die Eidechsen liefen ins Gebüsch und lauerten da...*

●

Die drei Könige denken darauf in ihrer neuen Weise über Vieles nach, aber – sie sprechen nicht mehr. Ihre Gedanken sind nicht mehr menschlich...

Das Letzte wollen sie erfassen.

Aber im unendlichen Raum gibt es ein Letztes – nicht!

Na prost!

Die Erde ist längst entzwei!

Und die achtkantige Flasche *lebt!*

*Schluß!*

## Über tredition

### Eigenes Buch veröffentlichen

tredition wurde 2006 in Hamburg gegründet und hat seither mehrere tausend Buchtitel veröffentlicht. Autoren veröffentlichen in wenigen leichten Schritten gedruckte Bücher, e-Books und audio-Books. tredition hat das Ziel, die beste und fairste Veröffentlichungsmöglichkeit für Autoren zu bieten.

tredition wurde mit der Erkenntnis gegründet, dass nur etwa jedes 200. bei Verlagen eingereichte Manuskript veröffentlicht wird. Dabei hat jedes Buch seinen Markt, also seine Leser. tredition sorgt dafür, dass für jedes Buch die Leserschaft auch erreicht wird.

Im einzigartigen Literatur-Netzwerk von tredition bieten zahlreiche Literatur-Partner (das sind Lektoren, Übersetzer, Hörbuchsprecher und Illustratoren) ihre Dienstleistung an, um Manuskripte zu verbessern oder die Vielfalt zu erhöhen. Autoren vereinbaren direkt mit den Literatur-Partnern die Konditionen ihrer Zusammenarbeit und partizipieren gemeinsam am Erfolg des Buches.

Das gesamte Verlagsprogramm von tredition ist bei allen stationären Buchhandlungen und Online-Buchhändlern wie z. B. Amazon erhältlich. e-Books stehen bei den führenden Online-Portalen (z. B. iBookstore von Apple oder Kindle von Amazon) zum Verkauf.

Einfach leicht ein Buch veröffentlichen: **www.tredition.de**

## Eigene Buchreihe oder eigenen Verlag gründen

Seit 2009 bietet tredition sein Verlagskonzept auch als sogenanntes "White-Label" an. Das bedeutet, dass andere Unternehmen, Institutionen und Personen risikofrei und unkompliziert selbst zum Herausgeber von Büchern und Buchreihen unter eigener Marke werden können. tredition übernimmt dabei das komplette Herstellungs- und Distributionsrisiko.

Zahlreiche Zeitschriften-, Zeitungs- und Buchverlage, Universitäten, Forschungseinrichtungen u.v.m. nutzen diese Dienstleistung von tredition, um unter eigener Marke ohne Risiko Bücher zu verlegen.

Alle Informationen im Internet: **www.tredition.de/fuer-verlage**

tredition wurde mit mehreren Innovationspreisen ausgezeichnet, u. a. mit dem Webfuture Award und dem Innovationspreis der Buch Digitale.

tredition ist Mitglied im Börsenverein des Deutschen Buchhandels.


## Dieses Werk elektronisch lesen

Dieses Werk ist Teil der Gutenberg-DE Edition DVD. Diese enthält das komplette Archiv des Projekt Gutenberg-DE. Die DVD ist im Internet erhältlich auf **http://gutenbergshop.abc.de**